SABEMOS CÓMO VAMOS A MORIR

PACO IGNACIO TAIBO II

SABEMOS CÓMO VAMOS A MORIR

 Planeta

© 2020, Editorial Planeta Mexicana, S.A. de C.V.
Bajo el sello editorial PLANETA M.R.
Avenida Presidente Masarik núm. 111,
Piso 2, Polanco V Sección, Miguel Hidalgo
C.P. 11560, Ciudad de México
www.planetadelibros.com.mx

Primera edición en formato epub: agosto de 2020
ISBN: 978-607-07-6827-9

Primera edición impresa en México: agosto de 2020
ISBN: 978-607-07-6821-7

Impreso en los talleres de Litográfica Ingramex, S.A. de C.V.
Centeno núm. 162-1, colonia Granjas Esmeralda, Ciudad de México
Impreso y hecho en México – *Printed and made in Mexico*

I

Los *fantasmas* de Varsovia

Ataque al gueto

Hay momentos luminosos en la historia del género humano que duran un instante fugaz, como un relámpago, y se desvanecen en la memoria colectiva, como se vuelven retórica, se disuelven en el velo de las palabras y los números; sin embargo, tienen tal carga de intensidad que renacen de las cenizas. Este que voy a intentar narrar es obvia y terriblemente uno de ellos.

Yo no conocía Varsovia y, sin embargo, podía recorrer en una memoria ajena, escrita o fotográfica, algunas de sus calles, las de lo que fue el gueto, tomado de la mano de Mordejái Anilevich, los testimonios de Marek Edelman o el archivo del doctor Ringelblum. Avenidas, callejones y edificios, portales, comercios abandonados, referencias de postes, tiendas y esquinas que hoy no existen, borradas del bordado de la tierra, piedra tras piedra, vueltas polvo y cenizas, como los que allí habitaban.

No es nuevo esto de moverse en ciudades pobladas por fantasmas. Todo lector de ciencia ficción conoce la sensación bradburyana, la conoce el que camina de noche por Teotihuacán o llega a Chichen Itzá y se acerca a las fronteras de la selva, que permanentemente amenazan con tragársela. Pero los fantasmas de Varsovia no tienen esa cualidad mágica, misteriosa; son como alaridos, *El grito* de Munch eternamente ampliado al infinito.

Aire gélido. Un frío cortante me acompaña en mi primera visita, eso y la sensación de que hay historias que me rebasan, me desbordan, «me quedan grandes», diríamos en México, me invaden. Gracias a la Feria del Libro de Varsovia pude llegar a la tumba de Mordejái Anilevich. Una piedra blanca irregular, de no más de setenta centímetros de altura, al lado de un sendero, en los linderos de un parque.

Cada vez la memoria me traiciona con mayor precisión y frecuencia, borrando fragmentos de lo que quiero conservar. Recuerdo que hace años descubrí casualmente una carta de Mordejái escrita poco antes del levantamiento, en la que reportaba a sus compañeros en otra parte de la Polonia ocupada por los nazis y les decía que hasta esos momentos los judíos no habían podido elegir la forma de vivir en la Europa dominada por el fascismo, incluso no habían podido elegir la forma de morir, pero ahora iban a intentarlo. Estaba en proceso la operación de exterminio masivo del gueto de Varsovia y Mordejái iba a protagonizar, con unos pocos centenares de combatientes, la mayoría extremadamente jóvenes, una de esas gestas inolvidables al intentar morir matando contra una maquinaria militar que los sobrepasaba en proporción de cien a uno. Iban a morir, y eran tremendamente conscientes del hecho, disparando y matando a miembros de las ss hitlerianas.

La carta me sacudió como pocas cosas suelen hacerlo, rompía la desesperación que me produce la percepción de pasividad en que se realizó el asesinato de seis millones de judíos, un millón de gitanos; un cuarto de millón de homosexuales y otro tanto de comunistas, socialistas, anarquistas; alemanes, polacos, franceses, españoles y soviéticos.

He vuelto a encontrar la carta original, pero cuando la recuerdo altero la frase: «No hemos podido elegir la manera de vivir, pero ahora decidiremos cómo vamos a morir», incluso, a veces, pienso que la he inventado partiendo de las varias veces que he leído reproducciones y traducciones de la tan circulada carta de Mordejái a sus compañeros del exterior el 23 de abril de 1943.

¿Cómo se vive con la absoluta certeza de que se va a morir en los siguientes días? Con la clara seguridad de que solamente un milagro podrá impedirlo, con la certidumbre de que los milagros no existen.

II

El scout *socialista*

Mordejái vestido de *scout*, de pie, a la derecha

La infancia y la adolescencia recordadas de un futuro héroe (aunque sea para sus muy escasos biógrafos) se vuelven una cadena de detalles que explicarán su porvenir, una serie de piedras angulares, que definen futuro y estilo y se elimina todo lo que les hace sombra. El pasado, piensan los narradores inocentes, sirve para explicar el futuro. Y no es así, quizá el futuro inmediato, quizá algunas huellas clavadas en la columna vertebral de los personajes; pero el pasado, fundamentalmente, sirve para producir contextos y sombra, como bien saben los pintores.

Había nacido el primer día de 1919 en el pueblo de Wysków, a una hora en tren al noroeste de Varsovia, una pequeña comunidad de seis mil habitantes, la mitad de ellos judíos. Será bautizado como Mordejái (Mordechai, Mardoqueo, dependiendo de la traducción), nombre de personaje bíblico, claro; el padre adoptivo y marido de Esther, metido en conspiraciones poco afortunadas.

Poco sabemos de su padre, Abraham, pero Tsirl, su madre, era una vendedora de pescado que, en los recuerdos de Marek Edelman, tenía un truco para hacer que los peces parecieran frescos, haciendo que su pequeño hijo comprara pintura roja y tiñera las agallas. La familia se mudó al barrio proletario de Powisla en Varsovia. Vivía en un departamento de una sola pieza en un viejo caserón. Tenía una tienda de abarrotes que nunca dio el suficiente dinero para completar dos comidas al día.

En la memoria de sus compañeros, Mordejái Anilevich era un niño y posteriormente un adolescente que siempre tenía hambre. La huella de esos años debe de haber sido profunda porque, después, en las escasas ocasiones en que Mordejái habló de su infancia con amigos, solía recordar que siempre estaba famélico en el camino a la escuela, después de ayudar a la madre en el comercio o permanecer en la casa cuidando a sus hermanos pequeños.

Antes de la guerra vivía en la calle Solec. Estudió la secundaria en un *Gymnasium* local y se afilió a las organizaciones juveniles judías, que practicaban una especie de escultismo al modo de los Wandervögel (pájaros errantes) alemanes, las golondrinas que tan bien describe Ernst Toller, que desde el fin del siglo XIX buscaron en la naturaleza, el viaje, el vagabundeo y la música la respuesta a una sociedad industrial que no les resultaba atractiva. Chocó en el instituto con el conservadurismo racista polaco y con la ortodoxia judía por sus opiniones izquierdistas y se vio obligado a hacer el examen final dos veces por presentarse con camisa de *scout* y distintivos socialistas.

Los grupos juveniles judíos se movían en todo el país y particularmente en Varsovia con un peso extra sobre las jóvenes espaldas: tener que mantener la resistencia ante el tremendo racismo reinante en Polonia, heredero de años de discriminación y pogromos. Hablaban de sionismo, del regreso a la patria perdida, de socialismo y justicia, y discutían de política. Lo sé porque yo pasé por uno de sus colectivos, llamados *ken* (nido), curiosamente sin ser judío, pero siguiendo las huellas de una adolescente de la que me había enamorado; de mi mejor amigo, Antonio Garst, y aprovechando la soberbia biblioteca que tenían.

Algunas fuentes dicen que Mordejái pasó por el Betar, bastante conservador, y terminó en el socialista Hashomer Hatzair (La Guardia de la Juventud), cercano al Bund, el partido socialista proletario, donde tocaba el tambor, salía constantemente de excusión, estudiaba la historia de las luchas obreras en Europa y leía a Herzl y a Marx. Sus compañeros lo apodaban, vaya usted a saber por qué, el Pequeño Ángel.

El Hashomer, fundado en la Galizia polaca en 1913, mezclaba el debate, la literatura, el aprendizaje en cosas tan prácticas como hacer fogatas o levantar campamentos a la intemperie, el trabajo político, los juegos, la convivencia colectiva, el discurso sionista y el amor por la utopía del socialismo. El movimiento creció rápidamente en los años de entreguerras.

El adolescente comenzó a practicar lucha grecorromana y más tarde boxeo. Por algún lado debían salir los excesos de energía. Una de sus escasas fotos existentes lo sitúa en 1937 con pantalones cortos y pañoleta al cuello, el pelo rebelde, la mirada sorprendentemente seria, con dos compañeros y dos compañeras, porque el Hashomer era mixto y profundamente igualitario en la participación de hombres y mujeres.

Sobrevivía en la escuela y en el barrio. Se había vuelto un lector obsesivo. Había sido nombrado presidente de su clase, adoptado definitivamente el apodo Aniolek (Angelito), y dirigía a grupos de adolescentes judíos, junto con uno de sus hermanos, que devolvían a golpes la persecución de los jóvenes arios usando sus habilidades boxísticas del gancho de izquierda y el *uppercut*. Con frecuencia regresaba a su casa con huellas de las peleas, ojos morados, pequeñas heridas, la ropa desgarrada, habiendo perdido la mochila, pero con una amplia sonrisa en la boca. Era, en el mejor de los casos, un eficaz peleador callejero, culto, extremadamente pobre y judío.

A los dieciocho años Mordejái Anilevich ingresa al ejército polaco para hacer el servicio militar, donde encuentra una institución profundamente antisemita, con agresiones nocturnas y donde les roban el armamento. Continúa con el grupo de Hashomer del que se ha vuelto guía; corre el año 1937. Ahí practica ejercicios militares, constantes excursiones fuera de Varsovia, marchas interminables sin aviso previo. Aprende a hablar hebreo, en el horizonte se encuentra el viajar a Israel para constituir un Estado en Palestina. Su pequeño grupo se disciplina, frecuentemente choca contra las pandillas juveniles que asolan el gueto. En los combates callejeros no tiene malos resultados; como se diría en México, «son buenos para los madrazos». Con el único sector de la juventud polaca que mantiene contacto fraternal y estrechas relaciones es con las otras organizaciones de *scouts*.

Algunos compañeros lo acusan de ser rígido y extremadamente exigente con las adolescentes del grupo. Responde que no es un buen momento para andar «socializando». Pero en secreto tiene una novia y pronto es conocida: Mira Fuchrer, de diecisiete años, a la que se recordaría como una jovencita repleta de energía y vitalidad, siempre abierta a la sonrisa, hasta en las horas más oscuras. Edelman la describirá como «bella, rubia, cálida». Una de las pocas fotos que se conservan de Mira es anterior a su relación con Mordejái, uno o dos años antes; no sé cómo describirla, una mirada que se pierde en los ojos del observador, una cierta e inquietante inocencia. Un amigo habla de sus ojos grises, su mandíbula firme.

Hay una frase en polaco, cuyo autor nunca he podido precisar, que dice: «No pareces un ángel navideño». Aquí y entonces, el joven Mordejái lo parecía. Era un personaje sacado de un poema de Brecht cuando decía: «Los grandes pájaros que al atardecer tienen hambre en el oscuro cielo».

III

La guerra

Mira Fuchrer

Es historia conocida, hasta la peor enciclopedia la registra, pero vistos en esquemático orden, la velocidad con la que se sucedieron los principales acontecimientos bélicos de aquella Segunda Guerra Mundial debe haber colocado a la comunidad judía de Polonia en una mezcla de estupor, desconcierto y miedo profundo.

Desde el año 1200 la población de origen judío se había establecido en el país en lo que, a lo largo de los años y particularmente en la era del dominio zarista, resultó una truculenta historia de antisemitismo, discriminación y represión. Al iniciarse la guerra había tres millones de judíos en Polonia; en Varsovia el veintinueve por ciento lo era: trescientos treinta y siete mil de una población de un millón trescientos mil (la concentración más grande de Europa); formalmente casi todos eran ciudadanos polacos, ¿sería esa una defensa? ¿Una población étnicamente amenazada dentro de una nación derrotada?

La Alemania hitleriana invadió Polonia el 1º de septiembre de 1939; Francia e Inglaterra declararon la guerra. Dieciséis días después, Stalin ordenó a las tropas soviéticas que avanzaran hacia el oriente polaco. Veintisiete días más tarde la Wehrmacht tomaría Varsovia. El mundo conocido había cambiado en un mes. Había cambiado tanto y de una manera tan brutal que todo era incierto, nebuloso, dotado de una neblina en medio de la cual aullaban los bombardeos en picada, avanzaban los blindados y caían los proyectiles de los tanques.

Mordejái y varios miembros de la dirección del Hashomer salieron de Varsovia hacia el este pensando que el ejército polaco quizá pudiera frenar el avance alemán y muy pronto se encontraron en una zona ocupada por el Ejército Rojo. El joven socialista trató de pasar a Rumania para crear una ruta hacia Palestina en lo que, pensaba, sería un éxodo natural para la militancia sionista. Fue detenido en el puesto fronterizo de Kuty.

Liberado por los soviéticos en enero de 1940, junto con Mira Fuchrer, regresó a Varsovia para encontrarse con que estaba ya controlada militarmente por los alemanes. Desde noviembre todos los judíos mayores de diez años estaban obligados a portar en la manga un brazalete con la estrella de David.

Hay una racionalidad burocrática en la meticulosidad del racismo y la barbarie. Numéralos, oblígalos a autoidentificarse, segrégalos. Durante los últimos años las noticias provenientes de Alemania parecían indicar que se aproximaban tiempos oscuros para la población de origen judío. ¿Cuáles eran los límites de antisemitismo alemán? ¿Despojo económico, destrucción de bibliotecas y sinagogas, violencia callejera? ¿Trabajo esclavo? ¿Demencia? ¿Podían ir más allá? ¿Qué significaba *más allá*?

Los primeros actos de violencia se produjeron en la Pascua de 1940, a finales de marzo e inicios de abril. Los nazis pagaron a bandas de delincuentes polacos para montar un pogromo (la palabra viene del ruso: «devastación») en el gueto, aterrorizando y golpeando indiscriminadamente a quien encontraran. Después de tres días de barbarie la milicia del Bund contraatacó y se libraron grandes batallas callejeras. El resto de las organizaciones judías en el gueto reprobó la resistencia, pensando que produciría terribles represalias.

El antisemitismo nazi prosperó en una sociedad que tenía una fuerte composición racista: estudiantes polacos que denunciaban la condición de judío de un compañero, soplones que reconocían en la calle al judío que no llevaba la estrella de David, apacibles burgueses que denunciaban a un vecino para quedarse con su casa, comerciantes que resolvían sus deudas con un homólogo judío delatándolo.

Hay una inquietante sensación que me cuesta trabajo explicar. La mayoría del pueblo polaco era claramente antinazi, pero cuando el ocupante alemán del suelo patrio se vuelve carniceramente antisemita, hay una especie de distancia, apatía, un mirar hacia otro lado, que no solo involucra al ciudadano común, sino que incluso se infiltra en la naciente resistencia y en el gobierno del exilio polaco en Londres. No es absoluta, muchos polacos darán su vida protegiendo a judíos en fuga, varios morirán defendiendo el gueto; pero algo ahí está podrido y tiene que ver con el antisemitismo original de la población.

Mordejái Anilevich pasó a la clandestinidad unido a Mira, con el Hashomer, dirigido entonces por Shamuel Breslaw, comenzó a editar un periódico cuyo título se traduciría como «Contra la corriente», organizó reuniones y seminarios, viajó a otras ciudades para establecer contacto con grupos reorganizados, colaboró en la creación de una recepción de radio en la calle Lezno, en la vivienda de los Gleser, donde se recibían noticias de los países aliados y dedicó buena parte de su tiempo a estudiar historia, sociología y economía.

IV

El gueto

Oficiales inspeccionando a judíos. Primeros meses del gueto

El pasado no lo es gratuitamente, nace de la distancia, de la desmemoria voluntaria, del olvido provocado, del miedo a recordar; aleja brutalmente los hechos de los ojos del lector. Las reconstrucciones siempre pecan de acumular números, de escasear o abusar de los adjetivos, de construir lugares comunes que pasan ante la mirada sin impactarla, de pelear con pocas posibilidades de éxito contra la terrible calidez de los momentos perdidos. Sin embargo, los números ayudan, siempre y cuando no se pierdan los rostros.

El barrio de Muranów, formado por edificios de departamentos en los distritos de Sródmiescie y Wola, creció en la Varsovia de siglo XVII. Tiene un nombre absurdo derivado de que allí había un palacio del arquitecto veneciano Józef Bellotti, originario de la isla de Murano. Tras el nacimiento de la República Polaca después de la Primera Guerra Mundial creció como un barrio poblado por judíos (mayoritaria pero no exclusivamente). Allí el 14 de octubre de 1940, a tan solo tres meses de la invasión, el gobernador nazi de la Polonia ocupada, el doctor en derecho Ludwig Fischer, proclamó que se constituiría el gueto de Varsovia, usando la vieja palabra italiana que designaba un barrio aislado de habitantes de una etnia minoritaria y que había servido para nombrar a lo largo de la historia los barrios cercados judíos. Fischer, de poco más de treinta años, exmiembro de las SA, diputado del nacionalsocialismo, un rostro vecino a lo porcino-ario, ordenó entonces la concentración obligatoria.

Eso significaba trasladar a la zona a ciento noventa y cuatro mil judíos y desplazar de ahí a ciento cuarenta mil polacos. El treinta por ciento de la población de Varsovia fue comprimida, encerrada y encajonada en una gigantesca cárcel que ocupaba tan solo 2.4% del área urbana. Todo bajo amenaza de muerte. Un mes más tarde la empresa alemana Schmidt-Münstermann (la misma que dos años después construiría el campo de exterminio de Treblinka) comenzó a rodear el gueto con un muro de diecisiete kilómetros y medio de longitud y de cuatro a diez metros de altura, en cuyo borde superior como remate había cristales rotos y alambre de púas. La obra, realizada en pocos días, fue obligatoriamente pagada por la comunidad judía y construida con trabajo esclavo vigilado por policías y soldados alemanes. La concentración se hizo con forzosos acarreos y abundancia de violencia, con absoluta arbitrariedad y usando el terror: cuando un inquilino, negándose a la concentración, disparó a un policía, los nazis fusilaron a cincuenta y tres personas de ese edificio de departamentos.

Llegarían más tarde otros cuatrocientos mil judíos de todo el país. Se creó un Consejo Judío (Judenrat) bajo control alemán y la dirección de Adam Czerniakow, un ingeniero químico de sesenta años, exsenador polaco, calvo, de corbata de lazo y apariencia burguesa. También bajo control alemán se formó una policía judía de dos mil miembros para «mantener el orden» en el interior del gueto e impedir el contrabando.

La propaganda política nazi se hizo cargo de mostrar, a través de varias películas documentales, la supuesta normalidad del proyecto, señalar las diferencias en la vida de los habitantes pobres y ricos, los supuestos restaurantes que aún subsistían donde servían aún más supuestas pantagruélicas comidas, el policía judío aporreando a un paisano, peluqueros nazis cortando barbas de venerables ancianos supuestamente por motivos higiénicos; en fin, cómo la vida seguía. Cómo se había creado una soportable normalidad.

Y ciertamente la vida seguía, pero con un nivel de brutalidad añadido pocas veces visto. La ración de comida en la economía de guerra ofrecida a los judíos se limitaba a ciento ochenta y un calorías diarias por persona, un cuarto de lo que podían recibir los polacos y la décima parte de lo que recibían los ciudadanos alemanes. Un cuarto de pieza de pan, media taza de arroz, un cuarto de papa al día, que además tenían que ser compradas en zloty, la moneda polaca; eso significaba condenar a los habitantes más pobres a una muerte lenta por hambre. Particularmente a los más miserables, porque el gueto no estaba al margen de las clases sociales. Los ricos judíos habían podido ocultar o llevarse una parte de sus fortunas y rápidamente comenzaron a convertirlas en comida, floreciendo el contrabando.

En la primavera del 41 nacieron las «fábricas», con trabajo semiesclavo, destinadas a elaborar productos secundarios para la industria de guerra (uniformes, escobas, cepillos, platos de hoja de lata, instrumentos metálicos). La más importante era la del empresario Walther Caspar Többens, un industrial textilero de Hamburgo, famoso por su alcoholismo, que empleó cuatro mil quinientos judíos inicialmente hasta llegar a doce mil obreros, muchos de los cuales pagaron dinero para ser reclutados y acceder a míseros subsalarios. Trabajo esclavo con jornadas de doce a catorce horas diarias, obtenido por Többens gracias a una red de cohechos con las ss y los militares del Reich.

El gueto se volvió una gigantesca arena de lucha por la supervivencia. La mayoría de los ciudadanos intentó romper el aislamiento económico y se montaron millares de operaciones de contrabando, usando los edificios que rodeaban el cerco, escaleras y cuerdas para saltar el muro jugándose la vida, corrompiendo a los vigilantes de la policía judía, a los policías polacos o a los mismos soldados alemanes. Todo lo que tenía algún valor y había sido rescatado podía ser canjeado por alimentos. Czerniakow calculaba en su diario que el ochenta por ciento de lo que ingresaba en el gueto era comida. Lo que no impedía que diariamente murieran de hambre decenas de personas.

La barbarie es una forma de irracionalidad arbitraria. Cuesta mucho trabajo meterse en la cabeza de los jerarcas nazis y descubrir las oscuras razones de sus constantes y a veces contradictorias órdenes. Memorándums, leyes, reglamentos, edictos, un río de papeles. Primero se prohibió que en el interior del gueto se celebraran servicios religiosos; la comunidad creyente los realizaba clandestinamente. Pero en junio del 41 se permitió que la gran sinagoga de la calle Tlomackie se reabriera. Inicialmente las escuelas fueron prohibidas, pero en octubre de 1941 se permitió que se reabrieran escuelas primarias y uno de cada cinco niños del gueto pudo asistir, unos diez mil. La orquesta sinfónica de ochenta miembros recibió permiso para interpretar obras de compositores germanos: Wagner, Beethoven, Bach, Mozart, Schubert; de músicos de origen judío como Felix Mendelsshon y Gustav Mahler, no. El primer concierto se llevó a cabo el 25 de noviembre de 1940 en la biblioteca judaica. La orquesta desobedeció el mandato y se le prohibió actuar durante los siguientes dos meses. Tomemos nota, ante la imposibilidad de registrar a los violinistas, los alientos, el piano, las percusiones, al menos no hay que olvidar los nombres de sus cuatro directores; hay algo de profundamente honorable en esta historia y, por tanto, en su recuerdo: Marian Neuteikh, Adam Furmanski, Szymon Pullman e Israel Hamerman. Todos ellos asesinados en los siguientes meses.

La lógica de que si quieres sobrevivir tienes que entrar en un barroco juego de obligaciones que cada día cambian y crecen la burlaban los cinco teatros, los grupos de danza, los coros. La calle Leszno fue bautizada humorísticamente «la Broadway del gueto de Varsovia».

No solo se generó esta sorprendente resistencia cultural. Las organizaciones más sólidas como el Bund socialista (que se oponía al sionismo, la ortodoxia religiosa y predicaba la autonomía cultural judía en Europa) y los sindicatos contaban en Varsovia con cerca de treinta mil miembros, al menos en el papel, y en octubre del 41, cerca de dos mil de ellos celebraron reuniones clandestinas en diferentes habitaciones de casas en el interior del gueto. Se publicaron periódicos, en limitadísimos tirajes y con circulación mano en mano, y se crearon bibliotecas donde se prestaban libros prohibidos en Alemania y Polonia. Los libros más leídos: *Los cuarenta días del Musa Dagh,* de Franz Werfel, basado en el genocidio armenio durante la Primera Guerra Mundial, y *Corazón,* de Edmundo de Amicis.

En la medida en que se iba acentuando su condición de inmenso campo de concentración, con familias enteras compartiendo un cuarto con los recién llegados, con la hambruna y la epidemia de tifus que se declaró en el 41 —que mató a más de un millar de personas al mes—, la muerte comenzó a ser una presencia continua. Ciudadanos morían de hambre en las calles, ejecutados bajo el menor pretexto por oficiales nazis o ss letones. La hambruna fue tan brutal que, según el archivo Ringelblum, se registraron actos de canibalismo en el gueto.

De enero a agosto de ese año las muertes ascendieron de cuatrocientos cincuenta a cinco mil seiscientos al mes.

¿Cómo contarlo? Ni siquiera las fotos más terribles, las imágenes de los muertos reducidos a casi esqueletos a mitad de la calle, los testimonios más precisos, logran transmitir el horror.

V

La policía judía

Policía judía o Servicio de Orden Judío

La mayor perversidad del sistema era utilizar a las víctimas para controlar a otras víctimas, la creación de intermediarios a los que, a través de concesiones menores, se ganaban para ejercer de represores y convertían temporalmente en parte de la maquinaria de exterminio, control, «orden». Eran los responsables de operar como correa de transmisión del poder.

El 27 de octubre de 1940 el Judenrat o Consejo Judío nombra jefe de la policía judía al coronel Józef

Szerynski (nacido Szenkman o Szinkman), un coronel del ejército polaco al inicio de la guerra que se había convertido al catolicismo, pero al que las leyes raciales alemanas definían como judío y por tanto fue confinado al gueto. Szerynski divide su estructura en seis distritos y crea un primer equipo de mando, que incluye al exjuez Peczenik, que organiza el cobro de los impuestos sobre el pan y los comestibles; al alcohólico excapitán del ejército austriaco y abogado Landau, y a Josef Hertz, un enfermo mental conocido antes de la guerra por el apodo de «Satán», que se dio permiso a sí mismo para regentear un café cantante en el número 16 de la calle Sienna.

Szerynski presentaba un informe a la Gestapo cada sábado. La policía judía en el interior y la policía polaca extramuros, llamada «los azules» por el color de sus uniformes, controlaban y reprimían a los pobladores del gueto por instrucciones de los alemanes, pero sobre todo controlaban el contrabando que se había vuelto un negocio muy lucrativo por el cobro de sobornos y coimas.

No duró mucho en su puesto; el 1° de mayo del 42 los alemanes lo detuvieron acusado de contrabandear pieles del gueto hacia la zona polaca y lo encarcelaron en la prisión de Pawiak. Era relativamente absurdo: toda la policía judía, no solo su jefe, participaba del contrabando.

VI

Noticias

Isaac Zuckerman

El tiempo transcurre en ese micromundo que es el gueto, mientras la guerra se desplaza a todo el planeta. El 22 de junio del 41 Alemania invade la URSS. En enero de 1942 el Partido Comunista Polaco (PPR por sus siglas en polaco), reducido a su mínima expresión por el ingrato eco del recuerdo del pacto Stalin-Hitler, comenzó a reorganizarse.

Al inicio de 1941 las primeras noticias de asesinatos masivos de judíos comenzaron a llegar al aislado mundo de Varsovia. Se hablaba de ochenta mil muertes utilizando camiones que gaseaban a los detenidos en Chelmno. En octubre del 41 se reportaron fusilamientos en masa en Vilna. La mayoría se negaba a creer esos rumores, decían que eran acciones de soldados borrachos, hechos aislados, más que un intento organizado de exterminio.

Entre finales del 41 y enero del 42, un jovencito judío, Yakov Grabowski (o Grojanowski), también llamado Heniek, fue enviado por las organizaciones de Varsovia a Vilna para tener información de lo que estaba pasando. Detenido, logró escapar del Sonderkommando y del campo de la muerte en Chelmno. A su regreso en Varsovia reportó una masacre de judíos en la villa de Ponary. Su informe fue reproducido por un periódico clandestino en el interior del gueto, *Jutrznia*. No se trataba de pogromos o incidentes aislados; las comunidades judías estaban frente a una política de asesinato intensivo, organizada inicialmente en las zonas que los alemanes habían conquistado de la Unión Soviética y que buscaba «ahogar a los judíos en un mar de sangre».

Isaac Zuckerman, un futuro miembro de la Organización Judía de Combate (ZOB, por sus siglas en polaco), narraría: «El desastre es total. Yo soy de Vilna, allí nací. Allí dejé a mis padres y a todos mis parientes. Cuando era niño jugaba entre los árboles del bosque de Ponary». El bosque se ha vuelto un cementerio.

En enero de 1942 Emanuel Ringelblum, el futuro archivista del gueto y amigo personal de los dirigentes juveniles, recuerda que durante un seminario del Hashomer Hatzair sobre la historia de los movimientos obreros judíos: «Mordejái Anilevich y Josef Kaplan me citaron en el patio del edificio número 23 de la calle Nalewki. Me llevaron a un cuarto especial y me mostraron dos revólveres. Me explicaron que eran para entrenar a los grupos juveniles».

¡Dos revólveres!

VII

El bloque

Los Einsatzgruppen y el asesinato masivo de judíos en la URSS ocupada

Pinkus Kartin, nacido de familia judía en Lutsk, en la Ucrania occidental, que era parte de Polonia, se unió al movimiento juvenil comunista; internacionalista, como los mejores militantes de su generación, combatió en la guerra de España en la batalla del Ebro y la defensa de Madrid con los internacionales a favor de la república en la brigada Dombrowski. Al inicio de la Guerra Mundial se encontraba exiliado en Francia, trabajando dentro del aparato clandestino de la Internacional Comunista. Fue deportado a la URSS, donde se integró a un grupo secreto de emigrados polacos que fueron destinados a actuar en el interior de la Polonia nazi, llamado «el Grupo Empresarial». Hacia el final de 1941 Kartin (bajo el seudónimo de Andrzej Szmidt) fue lanzado en paracaídas en el área de Varsovia. Junto a él actuaría un veterano comunista de 46 años, Józef Lewartowski (también conocido como «Finkelstein»), organizador sindical de origen judío que había dirigido la gran huelga de Lodz. Por su origen político no eran los más indicados para organizar la guerrilla polaca en los bosques, donde los estalinistas no eran bien vistos por el nacionalismo polaco, y fueron destinados a trabajar dentro del gueto.

En febrero del 42 Kartin se reunió en secreto con miembros de las organizaciones juveniles socialistas judías: el Hashomer Hatzair, representado por Mordejái Anilevich, y el Dror (juventud sionista en la tradición de los socialrevolucionarios rusos), representado por Isaac Zuckerman, conocido como Antek. Zuckerman, nacido en Vilna en 1915 al igual que Mordejái, al estallar la guerra había estado recorriendo poblaciones en Polonia oriental y organizando escuelas de cuadros y redes de prensa clandestina. Detenido en Varsovia el 24 de abril de 1941 junto a otro centenar de activistas, fue conducido a un campo de trabajo en el bosque de Kampinos, donde se construían canales y se secaba un pantano mediante trabajo forzado. «Creo que diez personas fallecían diariamente. Ahí descubrí la muerte por hambre. Gente que estaba hablando contigo y repentinamente y sin advertencia uno de ellos moría». Torturado, logra escaparse gracias a un fuerte soborno a sus custodios. Regresa a Varsovia, donde recibe información sobre los Einsatzgruppen (equipos móviles de matanza) en territorio de la Unión Soviética. Bajo el mando de los agentes de la Policía de Seguridad (SiPo) y del Servicio de Seguridad (SD), los Einsatzgruppen tenían entre sus tareas el asesinato de personas percibidas como enemigos raciales o políticos que se encontraban detrás del frente. Entre estas víctimas había judíos (hombres, mujeres y niños), gitanos y oficiales del Estado y del partido comunista soviéticos. Esas brigadas de asesinato masivo recorrían las aldeas ucranianas y bielorrusas dejando detrás de sí un reguero de miles de cadáveres. Solo ahora, setenta años después, gracias a películas como *Ven y mira,* de Elem Klímov, podemos tener una idea de lo que sucedió; entonces, apenas circulaban vagos rumores en las regiones ocupadas de Europa y ni siquiera trascendían fuera de ella, más allá de la Unión Soviética.

Las reuniones de Mordejái, Zuckerman y los comunistas dieron como resultado el nacimiento del Bloque Antifascista en marzo del 42. Resultaba significativa la ausencia del Bund, la organización socialista más importante del gueto. Era claro que se trataba de construir una organización no solo política, sino, sobre todo, militar. Para los jóvenes, que podían sumar varios cientos de activistas, la alianza haría posible que se avanzara más allá de un par de revólveres contrabandeados, unos cuantos cocteles molotov y algunas granadas caseras. Sin embargo, el Bloque nació con una divergencia que nunca habría de resolverse. El PPR proponía que los grupos de combate deberían salir del gueto para unirse a las guerrillas en los bosques que colaborarían en el hipotético futuro avance del Ejército Rojo. Anilevich y los miembros del Dror decían que el objetivo central era actuar como vanguardia de la resistencia del propio gueto. Aun así, se iniciaron sesiones de estudio de la lucha guerrillera úrbana y rural, y entrenamientos básicos, sin armas.

En la noche del 17 al 18 de abril la Gestapo lanzó una operación armada en el interior del gueto, supuestamente como represalia para detener la abundancia de prensa clandestina que circulaba. Los nazis elaboraron, con la ayuda de soplones y de la policía judía, una lista de sesenta personas y se procedió a las detenciones nocturnas en sus casas. Cincuenta y dos de los marcados fueron arrestados y fusilados en las calles por las ss. Entre ellos se encontraban miembros de la resistencia; otros simplemente eran judíos con dinero, que rápidamente fue rapiñado, y varios pertenecían al Grupo 13 de Abraham Gancwajch, un mafioso polaco originalmente sionista y socialista, que había recorrido todo el camino hasta llegar a ser informador policiaco y colaborador de la Gestapo nazi. ¿Quién hacía las listas? ¿Se trataba solo de producir terror? ¿Contra qué actuaban los nazis? ¿Contra cualquier forma de posible poder dentro del gueto, por minúsculo y marginal que fuera?

Mordejái y Mira habían salido previamente de Varsovia hacia Vilna, para armar una red con organizaciones juveniles polacas en el oeste del país. En una reunión en el cementerio judío poco antes de la partida se registró una intervención de Anilevich: «La lucha más difícil es contra nosotros mismos. Hay que dejar de discriminar entre el bien y el mal. Se vuelve uno esclavo en cuerpo y alma. Rebélense contra la realidad». Isaac Zuckerman y Lonka Kozibrodzka del Dror fueron advertidos a tiempo y lograron esconderse.

A partir de ese momento la Gestapo continuó con detenciones y fusilamientos de manera irracional casi diariamente, lo cual aisló aún más a la naciente resistencia. La opinión mayoritaria dentro del gueto era que los activistas y su prensa eran responsables de «irritar» a los nazis y provocaban los asesinatos. El Consejo Judío demandó que los periódicos clandestinos cesaran de publicarse. El veneno de la serpiente: los responsables no son los asesinos, sino aquellos que «los provocan». Zivia Lubetkin, una de las futuras dirigentes de los grupos de combate comentaría: «La población judía no siempre nos aceptaba, pensaba que llevábamos riesgo a sus vidas». Doscientas veinticinco personas fueron asesinadas en el gueto en los primeros meses del 42.

En mayo de 1942, Andrzej Szmidt (Kartin) y otros dos dirigentes del PPR, cuando acudían a una reunión con miembros del partido en el sector alemán de Varsovia citada en un café, fueron arrestados. La delación provenía de un agente infiltrado en el pequeño aparato de los comunistas polacos. Kartin y los demás fueron torturados brutalmente, pero no delataron sus contactos con las organizaciones juveniles judías. El 20 de mayo fueron fusilados en la prisión de Pawiak.

Hacia junio del 42 el Bloque había sido desmantelado totalmente. La resistencia estaba paralizada. El último de los organizadores comunistas, Finkelstein, caería detenido el 25 de agosto de ese año en un registro en la fábrica Landau y sería fusilado inmediatamente por la Gestapo.

Anilevich y Mira Fuchrer seguían en el suroeste de Polonia (la zona anexada a Alemania con el nombre de Alta Silesia), en una labor de enlace y organización.

En junio se reunieron clandestinamente con el grupo juvenil de Sosnowiec para intercambiar información sobre deportaciones, asesinatos masivos y los rumores de la existencia de cámaras de gas y campos de concentración donde se mataba e incineraba masivamente a judíos. ¿Eran ciertos? ¿Estaban confirmados? Se estableció entonces que la prioridad era obtener armas e infiltrarse en campos de trabajo para polacos, que no de concentración para judíos, con papeles falsos, donde las condiciones eran terribles, pero las posibilidades de supervivencia eran mayores.

VIII

Tú los ves, ellos no te ven

Marek Edelman

Desde el gueto se puede ver el exterior, pero no se puede tocar. El cerco conduce a la total angustia del aislamiento. Marek Edelman cuenta:

La pared solo tenía la altura de dos pisos. Desde un edificio que tuviera tres, uno podía ver lo que sucedía al otro lado de la calle. La «otra» calle. Podíamos ver un carrusel, gente, oíamos música y teníamos mucho miedo de que esa música pudiera ahogarnos y esa gente nunca se enterara de nada, que nadie en el mundo se enterara de nada: nosotros, la lucha, la muerte... que ese muro fuera tan grande que nada, ninguna noticia sobre nosotros, jamás pudiera salir.

Desde el cerco se puede mirar hacia el interior, observar la vida y la supervivencia de los amigos y de uno mismo, la brutalidad y las miserias cotidianas, pero no salir. ¿No salir? O tratar de salir bajo enormes riesgos a una ciudad de Varsovia que resultaba casi tan peligrosa como el gueto si eras judío. ¿Y era absoluto el aislamiento? No lo era, un núcleo habitacional de ese tamaño, ligado al resto de una enorme ciudad por túneles, sótanos, obras de saneamiento, edificios contiguos, era relativamente poroso.

Desde el principio la ciudad sitiada estuvo rodeada de un buen número de contrabandistas polacos, dispuestos a intercambiar objetos de valor, pieles y joyas, por comida; los guardias judíos en el interior y los ss letones colaboraban aceptando *mordidas*. Había brechas casi invisibles en el muro, pasos subterráneos, pasos a través de las cloacas, que muchas veces significaban la muerte.

La población polaca de Varsovia, salvo honrosísimas excepciones, miraba hacia otro lado. Emanuel Ringelblum escribe un terrible resumen: «El fascismo polaco y su aliado el antisemitismo han conquistado a la mayoría del pueblo polaco».

IX

La gran deportación

La plaza Umschlag

Llamada por los alemanes la *Aktion Reinhard* (el nombre clave para la operación de asesinato de todos los judíos polacos), era el siguiente paso de los acuerdos de la Conferencia de Wannsee, que, en noventa minutos, en enero de 1942, trazó burocráticamente los planes para el exterminio, la llamada «solución final del problema judío». Una compleja y burocrática operación que incluía cámaras de gas, crematorios, fusilamientos masivos, transportes, «recuperación de bienes», reaprovechamiento de los cadáveres (incluidos dientes de oro y pelo), un sistema de producción de falsas tarjetas postales informando a parientes en el exterior que los desaparecidos no lo eran, que estaban en un campo de trabajo... A las diez de la mañana del 22 de julio de 1942, oficiales de las ss informaron al Consejo Judío del gueto de Varsovia por boca del ss Höfle cuáles eran las órdenes para «reubicar a la mayoría de la población en el este».

Sin importar su edad o su sexo, todos los judíos del gueto tendrían que tomar gradualmente trenes, que los conducirían a varios puntos en Polonia, con la excepción de los trabajadores de las fábricas, los funcionarios del Judenrat (Consejo Judío), los trabajadores de los hospitales, los dos mil quinientos policías judíos y sus familias. Cada persona podría llevar quince kilogramos de equipaje y todos sus bienes: joyería, monedas, antigüedades. También deberían cargar provisiones para tres días (los pocos que las tuvieran). El gueto fue recorrido por todo tipo de rumores. ¿A dónde los deportarían? La visión más extendida es que se trataba de enviarlos a la Polonia oriental.

Resulta particularmente maligna la manera como se produce la orden: los alemanes habían construido la ficción de que los deportados iban a campos de trabajo y por lo tanto no querían gente enferma entre ellos. Sin embargo, Marek Edelman, un cardiólogo que formaba parte de las organizaciones clandestinas del Bund, y estaba convencido de que los deportados iban hacia la muerte, recibió la consigna de señalar como enfermos a cuadros del movimiento que era importante salvar.

La Operación Reinhard se iniciaría ese mismo 22 de julio a las once de la mañana y el Judenrat tendría que entregar seis mil o siete mil personas entre esa hora y las cuatro de la tarde. El punto de concentración inicial sería el hospital judío de la calle Stawki, que fue desalojado ese mismo día. La orden dejaba claro que cualquier judío que se resistiera a la deportación, cualquiera que abandonara o intentara abandonar el gueto, cualquiera que se refugiara en la Varsovia exterior, sería fusilado y añadía: «Si estas órdenes no se cumplen, un gran número de rehenes será fusilado».

Los alemanes entregaron cuarenta mil boletos, pequeños pedazos de papel con un sello, con la orden de que los distribuyeran entre su gente, los que los poseyeran podrían quedarse en el gueto. Todos los demás deberían ir hacia la Umschlagplatz («la Plaza Cubierta»).

Los responsables de la operación eran el jefe de las ss de Varsovia, Ferdinand von Sammern-Frankenegg, un nazi de cuarenta y cinco años que se jactaba de su parecido físico con Himmler, y el jefe de la Gestapo en Varsovia, Ludwig Hahn. Contaban con algunas unidades de las ss ucranianas y letonas, miembros de la Gestapo, unidades militares y, sobre todo, de los policías judíos, en esos momentos dirigidos por Jakob Lejkin, un abogado ambicioso y joven, con fama de ser muy educado y eficaz, aunque los alemanes, en sus obsesiones raciales, no lo querían demasiado porque era muy bajo de estatura.

Ese mismo día o el siguiente, las fuentes difieren, se produjo una reunión clandestina de los dieciséis coordinadores de las organizaciones políticas existentes en el gueto. Asistían Agudat Yisrael (los ultra ortodoxos religiosos representados por Friedman), los comunistas (Finkelstein), estaba el Bund (Alexander Landau, un industrial próspero antes de la guerra), las organizaciones sionistas de izquierdas (Ringelblum) y, desde luego, las dos grandes organizaciones juveniles, el Dror (Isaac Zuckerman, de dieciocho años) y el Hashomer (representado por Breslaw y Kaplan, de veinte años, nacido en 1913, uno de sus más conocidos líderes).

Con la abundante información que habían estado reuniendo durante los últimos dos años, las organizaciones juveniles y el Bund estaban convencidos de que los vagones del ferrocarril que saldrían de Varsovia eran trenes de la muerte. El Dror y el Hashomer propusieron que se iniciara la resistencia, pero ¿cómo invitar a la insurrección ante la total carencia de armas? Se respondió que combatir a los nazis era irracional, que exterminarían al gueto en horas. El rabino Friedman argumentó: «Dios no permitirá que su pueblo sea destruido. Dios protegerá a sus hijos». La decisión final fue que la resistencia, aunque fuera pasiva, sería una provocación. Sin quererlo habían hecho suya la lógica tramposa del enemigo: aunque seis mil vayan a la muerte, el resto sobrevivirá.

Los judíos deportados fueron conducidos como un rebaño hacia un punto de concentración en la plaza Umschlag, en el límite norte del gueto sobre la calle Stawki y cerca de las vías del tren, un espacio de ochenta metros de largo y treinta de ancho que había sido usado previamente como centro de distribución para el transporte ferroviario. En el patio cercano, que estaba rodeado por una gran valla, se hallaba el hospital judío abandonado. Allí se amontonaron seis mil personas para ir repletando los vagones que iban llegando, vigilados desde las alturas por ss ucranianos con ametralladoras; la policía judía bajo el mando de un tal Mieczyslaw Szmerling, que había ganado la confianza de los alemanes por su brutalidad en el trato de los futuros deportados, controlaba las calles y hacía las detenciones en los edificios. La Umschlagplatz estaba vigilada por contingentes de las ss alemanas, pero mayoritariamente por un batallón de dos oficiales y trescientos treinta y cinco miembros de las ss letones y lituanos, llamados hombres de Trawniki *(trawnikimänner)*, formados en una escuela donde el examen final era matar a un prisionero judío.

La complicidad masiva de la humillada y derrotada población polaca se extiende al conservador gobierno polaco en el exilio londinense, que no ordenó al ejército guerrillero del interior apoyar a los judíos de Varsovia, ni creó en ese momento redes de apoyo a quienes pudieran fugarse.

Mientras tanto, los grupos intentaron preservar a sus cuadros:

Nuestra gente decidió a quiénes deberíamos intentar salvar e impedir que se los llevaran y mi tarea como enfermero era marcarlos como «enfermos». No tuve compasión. Una mujer me rogó que dejara que su hija de catorce años se quedara en el gueto, pero yo solamente podía impedir que saliera una persona y retuve a Zosia, que era nuestro mejor correo con el exterior. La salvé cuatro veces, porque cada vez volvían a detenerla y yo tenía que volver a empezar.

Muchos años más tarde la periodista Hanna Krall, en un libro de una lucidez tal que me golpeó como un martillo mientras lo leía, le preguntó a Marek Edelman: «Toda su vida usted ha permanecido parado ante esa puerta, ¿verdad?». Y Edelman contestó: «Realmente, sí».

X

El antihéroe: Adam Czerniakow

Adam Czerniakow

Nació en 1880 en Varsovia, de una familia judía integrada al mundo burgués polaco, estudiante de ingeniería en el Politécnico de Varsovia y en la Universidad de Dresde, en Alemania. Hablaba polaco, su dominio del alemán era correcto, pero su yiddish era «titubeante». Organizador de los artesanos judíos, en el año

27 formó parte del consejo municipal de Varsovia y fue senador de la República en el 31. Al iniciarse la guerra el gobierno polaco lo nombró director del Judenrat, el Consejo Judío de Varsovia, y las autoridades de ocupación nazi lo confirmaron en el cargo, con la misión de ser la correa de transmisión de las decisiones de Heydrich, respecto a la comunidad perseguida.

Raul Hilberg y Stanislaw Staron lo definen como «abrumadoramente ordinario, un no villano, no héroe, no explotador, no santo y desde luego, no un líder». Aunque las fotos que he visto lo muestran como un hombre regordete, calvo, miope y con gruesos lentes, apariencia en suma de apacible burgués, en mi cabeza sigue siendo Donald Sutherland que lo interpreta en *Uprising*.

Recibió el mismo trato que un sirviente destacado por parte de funcionarios menores del ejército y la Gestapo mientras enfrentaba una tarea imposible: ofrecer refugio, alimentación, servicios médicos, calefacción, educación y trabajo a una población en el límite de la supervivencia. Podía haber abandonado Polonia en el momento de la invasión germana, pero en un gesto que lo honra decidió quedarse. Negoció una y otra vez, siempre haciendo concesiones insoportables. Su monstruo: la policía judía y su complicidad con los fusilamientos, las más absurdas arbitrariedades, las frecuentes torturas, las represalias sin explicación.

Fue esclavo de la propaganda fraudulenta alemana. En una ocasión un equipo de filmación germano registró una comilona en su casa para demostrar que algunos vivían muy bien en el gueto. Una vez que se apagaron los reflectores, los alemanes se llevaron la comida.

Poco antes de hacerse pública la orden de las deportaciones, Czerniakow estaba convencido, al igual que los jóvenes de las organizaciones, de que las versiones oficiales en los argumentos alemanes eran falsas, pero tenía una versión del final diferente: suponía que la Aktion encubría una gigantesca operación para condenar a la población del gueto a la esclavitud industrial, puesto que los judíos de Varsovia serían deportados hacia el este a razón de seis mil por día.

Se informó al Judenrat que era responsable de la entrega de esos seis mil hombres, mujeres y niños, y que, en caso contrario, se fusilarían varios centenares de rehenes, entre ellos, varios miembros del Consejo Judío e incluso la propia esposa de Czerniakow. El responsable del Consejo trató de negociar, excluir a los niños de la deportación, obtener más pases excluyentes para trabajadores de la salud, esposos y maridos de los trabajadores de las fábricas.

El 23 de julio de 1942 Czerniakow se negó a firmar la orden de deportación masiva. Después de recibir la vista de dos funcionarios de las ss, se encerró en su oficina y escribió una nota de despedida: «Estoy indefenso, mi corazón tiembla de pena y compasión. No puedo soportar más todo esto. Mi acto les mostrará a todos lo que era correcto hacer», tomó una de las veinticuatro píldoras de cianuro que los miembros del Consejo Judío del gueto tenían guardadas en uno de sus cajones y se suicidó. Había sido el intermediario entre los nazis y la comunidad durante casi tres años. Emanuel Ringelblum, el archivista del gueto, reseñó telegráficamente: «Suicidio de Czerniakow (muy tarde, un signo de debilidad) debió haber llamado a la resistencia, un hombre débil».

Se quedará además sobre su mesa de trabajo una nota con la cifra «siete mil» escrita en ella; era el número de ciudadanos judíos que el consejo debía entregar ese día a los nazis.

XI

El terror durante julio

Hacia Umschlagplatz

El día 24, tercer día de la Aktion, los miembros del Hashomer Hatzair organizaron la distribución de volantes en los que podía leerse: «Rebelarse, desobedecer las órdenes alemanas, explicar a la gente que salir a la Umschlagplatz lleva a la muerte».

Los nazis anunciaron que iban a entregar raciones de pan y un bote de mermelada a los que acudieran a la estación. El 29 de julio se colgaron carteles anunciando que cada deportado recibiría tres kilos de pan y un kilo de mermelada. Era tal el hambre en el gueto que la oferta resultaba enormemente atractiva. Los alemanes distribuyeron ciento ochenta mil kilos de pan y treinta y seis mil kilos de mermelada.

Edelman cuenta:

Ahí mismo empezaron a repartir oblongas rebanadas de pan de centeno. Y la gente acudía a recogerlo y marchaba a los trenes. Había tal cantidad de voluntarios que se hizo necesario cargar dos trenes al día hacia Treblinka y aun así no había espacio para todos los que querían partir.

La gente se aferraba a cualquier astilla para flotar hacia la salvación. El hambre paraliza todo excepto el instinto de supervivencia. Un camarógrafo alemán parado en uno de los vagones del tren retrataba a la multitud que se iba hacinando en los vagones, mujeres viejas tropezando, madres arrastrando a sus hijos tomados de la mano.

¿Por qué alimentar a los que iban a ser asesinados horas más tarde? La eficiencia asesina. Un equipo de propaganda nazi comenzó a escribir falsas cartas usando los nombres de los asesinados en las que los «evacuados» describían que en los supuestos campos de trabajo había mejores condiciones de supervivencia que en el gueto.

Edelman añade:

Venían hacia nosotros y hacia el reparto del pan y hacia Inger; una periodista sueca que había venido a Varsovia para recabar información sobre el gueto, que miraba hacia la cámara con sus estupefactos ojos azules, tratando de comprender por qué tanta gente corría hacía el tren y entonces, repentinamente, se escuchan tiros.

Se trataba de una patrulla de las ss que disparaba contra judíos desarmados que trataron de esconderse en un edificio.

Las ss estaban bajo el mando de Karl-Georg Brandt. El comando central de la Aktion, Reinhard Heydrich, dirigía las deportaciones desde un cuartel general situado en el número 103 de la calle Zelazna, con un equipo de una docena de oficiales, oficinistas, soldados. La fuerza operativa principal a cargo de la deportación fue la policía judía apoyada por las ss.

Marek Edelman continúa:

He visto salir de la plaza Umschlag cuatrocientas mil personas. Yo, en persona. Pasaron frente a mí mientras estaba en la puerta. Con la ayuda de la policía del gueto. Se suponía que yo debería seleccionar a los que en esos momentos eran más necesarios.

Luba Blum era la encargada y se aseguraba de que todo funcionara como una operación sanitaria y allí se movían las muchachas con sus túnicas de un blanco nieve, capas almidonadas, perfecta disciplina. Para poder sacar a alguien de las filas de la plaza Umschlag, era necesario probarles a los alemanes que esa persona estaba seriamente enferma. A los enfermos los enviarían a sus casas en ambulancias. Hasta el último momento los alemanes trataron de mantener la ilusión entre los deportados de que los trenes los llevarían a campos de trabajo y solo una persona sana podía trabajar, ¿verdad? De manera que esas enfermeras de la sala de emergencia rompían las piernas de las personas que queríamos salvar golpeándolas con un pedazo de madera. Todas ellas con sus brillantes batas blancas de estudiantes modelo. La gente mientras tanto era amontonada como una horda en el edificio de la escuela y los alemanes la perseguían piso a piso. Había un gran gimnasio en el cuarto piso y varios cientos de personas esperaban tiradas en el suelo. Nadie se ponía de pie o caminaba, apáticos y silenciosos. Había un nicho en el gimnasio donde un día seis o siete SS ucranianos violaron a una muchacha. Puestos en fila, uno tras otro. Al final ella pálida, desnuda y ensangrentada cruzó el gimnasio apoyándose en las paredes. La multitud lo vio todo y no pronunció una palabra. Nadie se movió. Yo estaba allí en medio del silencio y lo vi.

Icchak Kacenelson, el poeta de cuarenta y siete años, escribiría:

Niños, esposas y maridos, y estos viejos míos de cabezas grises y blanquecinas. / Como piedras y astillas amontonadas en carros por un ejecutor. / Que los azotaba sin una sombra de piedad, abusaba de ellos con palabras inhumanas. / Lo miré a través de la ventana y vi una banda de asesinos. / Oh, Dios, vi aquellos que golpeaban y a los golpeados marchando hacia su muerte / Uní mis manos con vergüenza… vergüenza y desgracia. […] Y escupieron directo a la cara de Dios. / Nos encontraron en los clósets y nos sacaron de las camas, y con la boca llena gritaron: «Apúrense, al infierno, a la plaza, a donde pertenecen» / […] Esta calle de la muerte se convirtió en un grito de terror. De principio a fin, tan vacía y tan llena como nunca antes.

XII

Con una pistola

Arie Wilner

El 28 de julio, el séptimo día de la Operación Rein-
hart, los dirigentes de las organizaciones juveniles se
reunieron clandestinamente. Estaban presentes el Hashomer Hatzair, el Dror, y se había sumado el Bnei Akiva, un movimiento religioso sionista fundado en 1929.
Solo participaron los líderes: Isaac Zuckerman, Sha-

muel Breslaw, Josef Kaplan, Mordejái Tenenbaum y Zivia Lubetkin, una activista de veintiocho años. La presencia de una mujer en la formación de este Comité de Acción no era casual y se explica por la enorme presencia de jóvenes en los grupos surgidos del escultismo político judío-polaco.

Habían circulado volantes: «Las deportaciones significan Treblinka, y Treblinka significa muerte». En la reunión se dijeron cosas como que solo tenía sentido combatir, no importaba cómo, con cuchillos si no hubiera otra cosa, incendiar el gueto. En esos momentos el grupo cuenta con solo una pistola: «Moriremos. Es nuestro deber morir. Si no salimos a las calles de inmediato, mañana no tendremos fuerza para hacerlo». Isaac Zuckerman contaría: «La discusión se calentó, la atmósfera era tórrida. Pero lentamente voces más temperadas comenzaron a oírse. Se hicieron propuestas concretas […] Votamos y resolvimos guardarnos el coraje y reconstruir la fuerza armada judía». Se condenó a muerte al jefe de la policía judía Szerynski.

Además, se creó un grupo de enlace con el exterior y con la resistencia polaca formado por Tosia Altman e Israel Chaim Wilner, un joven poeta de veinticinco años con los seudónimos de Arie y Jurek. Se aprobó un llamado a desobedecer las órdenes de deportación. Algunos intentos para salvar a la militancia de la deportación fueron exitosos. Supuestamente más grupos podrían haberse sumado al Comité de Acción, pero las tremendas dificultades para reunirse no permitieron ampliar la convocatoria. Sin embargo, a pesar de la situación dentro del gueto, otras organizaciones fueron consultadas. El Bund hizo una encuesta, sus miembros estaban por la resistencia armada y publicó en su periódico un llamado del que se hicieron tres impresiones museográficas. Circularon también volantes del Hashomer.

Durante julio del 42, sesenta y cuatro mil seiscientos seis judíos fueron deportados a Treblinka y allí fueron asesinados. Las cifras no incluyen los ejecutados a tiros en las calles y los muertos a causa de la «limpieza» de los edificios. A partir del 29 de julio las acciones fueron comandadas directamente por los agentes ss de la Aktion Reinhard.

XIII

Ellos

Miembros ucranianos de las ss

Amanece el día 5 de agosto. K. escribe:

Estoy regando las flores. Mi calva cabeza asoma a la
  ventana. Qué espléndido blanco.
Tiene un rifle. Por qué está ahí parado con toda calma.
No tiene órdenes de disparar.
O quizá era un maestro de pueblo en la vida civil o nota-
  rio, barrendero en Leipzig, un camarero en Colonia.

¿Qué haría si lo saludo? Si saludo con mi mano en un gesto amistoso.

Quizá no sabe que las cosas son como son. Puede ser que haya llegado apenas ayer, de muy lejos.

XIV

Treblinka

Los trenes a Treblinka

Himmler diseñó una red de campos de concentración, trabajo esclavo y exterminio para enfrentar a lo que, con un podrido lenguaje de eufemismos y seudorracionalidades, los nazis habían llamado «el problema judío». Seis eran los principales campos; sus nombres están hoy asociados al horror: Treblinka, Auschwitz-Birkenau, Belzec, Sobibor, Majdanek y Chelmno.

El escritor soviético Vasili Grossman, que visitó el campo al final de la guerra, así lo describe: «Siguiendo el curso del Bug occidental se extienden arenales y pantanos, y se alzan espesos bosques de pinos y de alerces. Son parajes desolados y sombríos». El paradero de tren más cercano a Varsovia, ciento sesenta kilómetros al norte, está en una aldea llamada Treblinka y creció como un conglomerado de barracones rodeados de alambre de púas, utilizado como campo de concentración. El plan de Himmler, concentrado en el exterminio, fue adaptado al incorporarse cámaras de gas y una mejor conexión ferroviaria. La esperanza de vida en Treblinka era de aproximadamente una hora y media.

Tres trenes llegaron en dos días, cada uno con tres, cuatro, cinco mil personas a bordo, todos de Varsovia... Desde que la ofensiva contra Stalingrado estaba en su apogeo, los convoyes de judíos eran dejados a un lado de la estación de tren para ser reutilizados. Los vagones eran franceses, hechos de acero. Así que mientras cinco mil judíos supuestamente llegaban a Treblinka, tres mil morían en los vagones durante el viaje a causa del hambre, el amontonamiento, el calor. Tenían las muñecas cortadas o simplemente habían fallecido de inanición. De los que bajaban del tren la mitad estaban locos. En los otros trenes que venían de Kielce y otras partes, al menos la mitad estaba muerta al llegar. Los apilábamos. Miles de personas apiladas una encima de la otra en la rampa. Apiladas como madera. Además de esto, otros judíos, aún vivos, a veces esperaban ahí durante dos días: las pequeñas cámaras de gas no se daban abasto. Funcionaron día y noche durante aquel periodo.

El autor de este testimonio es Jankiel Wiernik, quien el 23 de agosto de 1942 fue deportado de Varsovia a Treblinka.

Estaba visitando a mis vecinos y nunca volví a mi hogar. Oímos disparos de rifle desde todas las direcciones, pero no tenía claro qué estaba pasando. Nuestro terror se intensificó por la entrada del oficial de las ss alemán y milicianos ucranianos que gritaban amenazando: «Todos afuera».

Nos ordenaron en las calles sin distinción de edad o de sexo, haciendo su labor con alegría, una sonrisa en sus rostros.

Los ucranianos se repartieron nuestras posesiones frente a nuestros ojos. Se pelearon, abrieron paquetes y rapiñaron el contenido [...] Nos fotografiaron como animales.

Fueron, en un «día soleado de verano», embutidos en vagones de tren. El testigo, metido en un vagón con otras ochenta personas, mientras el tren se mueve en pequeñas escalas, el calor y la sed van causando las primeras bajas. El tren se detiene para pasar la noche en Malkinia. Los ss ucranianos revisan los vagones para llevarse los pocos bienes que los detenidos conservan. Un campesino se acerca para vender botellas de agua a cien zlotys y pan a quinientos. A las cuatro de la tarde arranca de nuevo y en poco tiempo llegamos a Treblinka. Al llegar, la terrible realidad cayó sobre nosotros. El patio exterior estaba lleno de cadáveres, varios de ellos desnudos. Los rostros distorsionados con los ojos muy abiertos, lenguas salidas, cráneos destrozados, los cuerpos mezclados. Y sangre por todos lados, la sangre de nuestros hijos, nuestros hermanos y hermanas, padres y madres.

Wiernik se mueve desconcertado entre los gritos y las órdenes. Las mujeres y los niños son separados y obligados a desnudarse. Observa a un grupo sacando cadáveres de los vagones, se une a ellos. Recibe su primer latigazo en la cara, dado por un ss alemán, al que más tarde llamarían Frankenstein y que se haría famoso porque decía que mataba a un judío todos los días por simple diversión.

Un tren llega desde Miedzyrzec (Mezrich), pero el ochenta por ciento de su carga era solo cadáveres. Lo separan junto a otros cien detenidos, fusilan con ametralladoras a los restantes.

La rutina sigue diariamente. Finalmente es asignado a un grupo que se dedica a transportar cadáveres a tumbas situadas a trescientos metros.

Repentinamente vi a una mujer desnuda a la distancia; era joven y bella, pero tenía una mirada demente en los ojos. Nos estaba diciendo algo, pero no podíamos entenderlo y no podíamos ayudarla. Se había envuelto en una sábana bajo la cual tenía un bebé y estaba buscando refugio desesperadamente. Entonces uno de los alemanes la vio, le ordenó que entrara en una zanja y le disparó, a ella y al niño. Fue el primer fusilamiento que vi.

Las dimensiones de las trincheras eran de cincuenta por veinticinco por diez metros de profundidad. Me paré al borde de una intentando arrojar un cadáver; repentinamente un alemán se acercó para dispararme, porque pensaba que me estaba saliendo. Cerca de cada uno de nosotros había un alemán con un látigo o un ucraniano con una pistola. Una excavadora abría las trincheras, que servirían como tumbas.

Gusanos se arrastraban sobre los cuerpos [...] Laborábamos del amanecer a la puesta del sol sin agua ni comida, en lo que algún día serían nuestras tumbas. Los que trabajaban ordenando los bienes caían con más frecuencia que nosotros. Como estaban hambrientos, robaban comida de los paquetes sacados de los trenes, y cuando los sorprendían eran llevados a la zanja más cercana y su miserable existencia era eliminada con una bala rápida [...] Pasé cuatro días trabajando en esas condiciones.

XV

Los niños

Orfanato a cargo de Janusz Korczak

La realidad se construye con una cadena de actos que se vuelven simbólicos al paso del tiempo, de irrupciones a contracorriente que devuelven su brillo, su fulgor, a la condición humana.

Conozco una sola foto de Janusz Korczak, un hombre de poco más de cincuenta años. Con una mirada tan profundamente triste que parece poseerte, dentro de un rostro anguloso con bigote y una corta barba, que destruye su miopía, calvo; alguien dirá que parece personaje del Greco.

Nacido en Varsovia en 1878, fue médico militar durante la guerra ruso-japonesa y durante la guerra civil rusa. Muy conocido pedagogo, Janusz Korczak era su nombre de pluma, había nacido como Henryk Goldszmit. Autor prolífico de libros, ensayos en revistas de divulgación y especializadas. Miles conocían sus «Rezos para no creyentes».

Ese hombre, al que llamaban «el Karl Marx de los niños», dirigía el orfanato del gueto desde 1912, un edificio de tres pisos en la calle Sliska, conocido como «la República de los Huérfanos». Doscientos niños, médicos y enfermeras vivían en él.

Korczak había establecido un sistema de justicia con un juzgado de cinco niños y un maestro como encargado. En él, profesores y niños eran tratados como iguales y el propio Korczak actuaba como defensor mensualmente.

El 5 de agosto del 42 las ss ordenaron el cierre del establecimiento. Una semana más tarde, junto a los niños de los otros cinco orfanatos judíos de Varsovia, los ocupantes del recinto fueron ordenados a marchar hacia la plaza Umschlag.

A Korczak, como médico, se le ofreció un permiso para quedarse en el gueto, pero decidió marchar con sus niños junto a su antigua asistente, Stefania Wilczynska.

Edelman vio pasar esta sorprendente procesión laica; hay quienes contarán que algunos niños iban vestidos con sus mejores galas, los harapos de un niño judío de Varsovia huérfano. «Vamos a viajar en tren, así que vamos a ponernos nuestras mejores ropas de Shabbat».

La escena de esos doscientos dos niños, que se dice que iban en su camino cantando con Janusz Korczak al frente, cargando en brazos a dos de los más pequeños, mientras cruzaban el gueto, es recordada por cientos de personas, se vuelve una leyenda que rompe el corazón de cualquier observador medianamente inocente. El poeta Wladyslaw Szlengel escribe:

Vi a Janusz Korczak caminando hoy, dirigiendo a los niños a la cabeza de la línea.

Algunos dijeron que el clima no era triste; estaba bien.

Vestían sus mejores mandilones y reían (no muy fuerte). Marcharon como calmados héroes a través de la multitud perseguida, de cinco en cinco, bajo una lluvia que titubeaba. Pálidos, temblorosos, vistos desde las alturas, a través de ventanas rotas, con pavor y miedo.

Y de vez en cuando, desde lo alto, un extraño gemido escapó, como el lamento de una gaviota rota. El aire, espeso de tensión, vibra con el olor del vodka y las mentiras.

Al llegar a la plaza de los Desplazamientos, identificaron a Janusz Korczak como médico pediatra y le ofrecieron bajarse del tren, pero él se negó; sabiendo que Treblinka era la muerte, se quedó con sus niños y caminó con ellos hacia el final.

Aaron Zeitlin dirá que, con el asesinato del doctor Korczak y sus niños, Varsovia perdió el alma.

XVI

Dios

Judíos conducidos hacia su exterminio

Agosto del 42. En un día fueron enviados a la muerte cinco mil quinientos sesenta judíos de Varsovia.

Marek Edelman registra la conversación entre un viejo policía judío exsocialista y su hijo, que conducía un carro para concentrar a los deportados en la plaza Umschlag:

—Mietek se las arregló para salvar a alguien del carro, ¿verdad? Y como es costumbre, no se llevó ninguna moneda. Ya podría haber ganado miles hasta ahora. Podría por lo menos haber ganado algo de pan racionado con el dinero. Pero ¿qué es lo que hace? Deja gente libre gratis.

—Papi —dice Mietek—, no te preocupes. Contará en mi crédito como un acto de bondad e iré al Cielo.

—¿Qué cielo? ¿Qué Dios? No ves lo que está pasando. No ves que no ha habido Dios desde hace mucho tiempo. Y aun si lo hay —el viejo bajó su voz—, está del lado de ellos.

Al día siguiente se llevaron al padre de Mietek, porque su hijo no llegó a tiempo para bajarlo del carro; nunca volvió a verlo. Poco después, Mietek huyó al bosque para unirse a los guerrilleros.

Adina Blady-Szwajger dijo: «No había Dios, solo la casualidad».

XVII

Porrajmos

Huérfanos del pueblo romaní, que también fue perseguido

El romaní es la lengua franca, producto de variaciones regionales, sustracciones a otras lenguas, modismos, que hablan los gitanos de Europa. Durante el periodo del Holocausto Judío, entre trescientos mil y ochocientos mil gitanos fueron asesinados por la maquinaria nazi. La incapacidad de ofrecer una cifra más precisa habla de la zona gris y oculta del hecho. Ante la ausencia de una cultura escrita, el asesinato de los gitanos ha pasado a ser una nota menor en la historia de la barbarie y las cifras difícilmente han podido precisarse, pero ha quedado la palabra *porrajmos* para definirla, su traducción literal en romaní: «devoración». Otro tanto puede decirse de los homosexuales, que portaban en los campos de concentración el triángulo rosa en lugar de la estrella de David, el de los comisarios políticos del Ejército Rojo. La palabra y su traducción suena terrible, remiten a un monstruo que sale de la tierra para comer a los humanos: devoración, *porrajmos*.

XVIII

Confirmación

Treblinka: los zapatos de los asesinados

En agosto de 1942 siguieron las deportaciones con la misma implacable eficiencia. Edelman cuenta que corrió el rumor de que el derecho a la vida estaba reservado a los trabajadores de las fábricas. Se necesitaban allí máquinas de coser, de manera que muchas personas pensaron que las máquinas podían salvarlos y estaban dispuestos a pagar cualquier cantidad de bienes o dinero por una de ellas. De nada les sirvió.

El 14 de agosto fueron mandados a Lublin mil doscientos sesenta judíos del gueto de Varsovia, algunos al campo de trabajos forzados de la calle Lipowa 7, otros mil fueron enviados al campo de la muerte de Majdanek.

Entre el 19 y el 21 de agosto el gueto vivió un respiro de la Aktion, porque durante esos días fueron deportados a Treblinka los judíos de pueblos cercanos a Varsovia: Otwock, Falenica, Miedzeszyn y Minsk Mazowiecki.

Desde el inicio de agosto del 42 la organización clandestina del Bund del gueto de Varsovia envió a uno de sus militantes, Zalman (Zigmunt) Friedrich, para seguir la huella de las deportaciones. Friedrich hizo contacto en el lado alemán de la ciudad con un socialista polaco ferrocarrilero, que tenía conocimiento de las rutas ferroviarias de las cercanías y afirmaba que un tren lleno de deportados arribaba todos los días al pueblo de Treblinka y regresaba vacío horas después. No había grandes envíos de comida hacia el campo. Friedrich llegó a Sokolow Podlaski cerca de Treblinka, donde se encontró con Uziel Wallach, que había escapado y le confirmó las noticias del exterminio repletas de terribles detalles. Luego contactó a dos fugitivos desnudos que ampliaron los detalles. Regresó al gueto y esta información fue publicada por el periódico clandestino del Bund, *Oyf Der Vakh*. A esto se sumó la llegada al gueto de David Nowodworski, otro fugado de Treblinka (qué valor, regresar), y el 28 de agosto del 42, con todas estas informaciones, quedó plenamente confirmado que era falso que los judíos deportados fueran al este para trabajar en campos de concentración, que Treblinka era un campo donde se asesinaba a los detenidos, gaseándolos, dejándolos morir de hambre en los trenes o fusilándolos. Aun así, muchos se negaron a creerlo.

El número de asesinados en Treblinka en el fatídico mes de agosto puede haber llegado a ciento treinta y cinco mil personas. Fuera del gueto y de las autoridades nazis, nadie más en el mundo conocía esto.

XIX

La primera respuesta armada

Israel Kanal

Mientras se producían las deportaciones masivas de agosto, el día 21, para ser precisos, las organizaciones juveniles judías de combate, aún minúsculas y mal armadas (contaban con cinco pistolas y seis granadas que les habían entregado los comunistas al inicio del mes), dieron la primera respuesta.

Un joven uniformado y con una gorra de policía se presentó ante la casa del exjefe de la policía judía, Józef Szerynski, quien, tras haber pasado un tiempo en prisión acusado de corrupción, había sido liberado por los alemanes para que colaborara en la gran deportación. El falso policía tocó el timbre y le dijo a una mujer que traía una carta, y cuando Szerynski salió a la puerta le disparó a bocajarro hiriéndole la cara. La bala hizo un extraño recorrido, penetró por su carrillo izquierdo, un tanto alta y salió por el derecho sin rozar la lengua, los dientes o el paladar.

En esa misma tarde se distribuyeron volantes anunciando que los policías judíos que colaboraran con las deportaciones serían condenados a muerte. Los rumores atribuían a los comunistas polacos la acción, pero el autor del atentado había sido uno de los dirigentes de la resistencia y del grupo Akiva, un joven de veintitrés años, Israel Kanal, nacido en Bydgoszcz, que había estado infiltrado dentro de la policía judía.

Szerynski quedó desfigurado y se suicidó el 24 de enero de 1943, seis meses después del atentado.

XX

Finales de agosto

Irmfried Eberl

Del 28 de agosto al 3 de septiembre de 1942 se produjo una segunda pausa en las deportaciones a causa de los errores de cálculo del comandante del campo de Treblinka. Irmfried Eberl, psiquiatra austriaco y miembro del partido nacionalsocialista desde el 33, previamente director médico de los institutos de eutanasia en Brandeburgo y Bernburg, donde había asesinado a miles de judíos en experimentos médicos, había calculado mal el número de deportados que podía asesinar diariamente. La estructura de las cámaras de gas resultaba limitada. Se habían aceptado demasiados envíos de trenes, las cámaras de gas eran insuficientes, los vagones permanecían días en la vía y millares de cuerpos no habían sido quemados. Rodeados de cuerpos de judíos asesinados, los nazis enfrentaban un problema «técnico».

Odilo Globocnik, un austriaco de treinta y ocho años nacido en Trieste, oficial mayor de las ss que combinaba la dirección de los campos de la muerte con multitud de negocios con el dinero robado a las comunidades judías, sustituyó a Eberl por Christian Wirth, conocido como el «Tecnócrata de la Destrucción», que había desarrollado el proyecto experimental de Chelmno, donde se probaron las cámaras de gas por primera vez.

Wirth inmediatamente dispuso la retirada y entierro de miles de cadáveres. Los transportes quedaron suspendidos hasta que se reanudara el «orden».

Mientras tanto, en el gueto los miembros de la policía judía comenzaban a pensar que las promesas de impunidad eran falsas y su futuro, nublado; que ellos iban a tener el mismo destino que aquellos a los que golpeaban, disparaban, arrastraban por las calles o enviaban al matadero. Iniciaron las deserciones, algunos pasaron a ser guardias de las fábricas, otros simplemente desaparecieron de las reuniones matutinas, donde los miembros de las ss impartían órdenes. La reacción de los alemanes fue ordenar que cada policía fuera responsable de entregar personalmente «cinco cabezas» al día o sus familiares cubrirían esa cuota.

XXI

Septiembre

Michael Klepfisz

Las armas que se esperaban desde el inicio de agosto, provenientes de los comunistas y del Ejército Nacional polaco, no llegaban. La militancia juvenil crecía en su organización, pero no tenía posibilidades de combatir. La tensión entre la militancia se iba volviendo insoportable. Jóvenes, muy jóvenes, decididos a ir a la insurrección y desarmados, se reunían y esperaban.

Los comunistas del gueto, desesperados, proponían al partido en el exterior un apoyo más serio. Las detenciones de Finkelstein y Andrzej Szmidt los paralizaron. El Dror sacó a una parte importante de su militancia (más de un centenar) a una granja colectiva en las afueras de Varsovia. El Hashomer refugió una parte de su militancia en la fábrica de Landau y en las afueras del gueto. El compás de espera permitió que el dirigente de los archivos clandestinos del gueto tomara a finales de agosto del 42 una decisión: diez cajas metálicas del archivo que coordinaba Emanuel Ringelblum fueron enterradas.

Para ofrecer una respuesta a la voluntad de luchar, cerca de veinticinco o treinta militantes del Dror y el Hashomer fueron sacados del gueto en colaboración con los comunistas para incorporarse a las guerrillas en los bosques de Miedzyrzecz. Morirían en combate contra los alemanes en los próximos meses. Ninguno sobrevivió. En el interior del gueto tímidas acciones permitían que se soltara vapor de la caldera hirviendo. Los activistas incendiaron departamentos donde los alemanes habían requisado bienes de familias judías.

Al inicio de septiembre, el desastre cayó sobre los grupos de combate de las organizaciones juveniles judías. Un grupo del Dror que intentaba salir del gueto fue capturado y ejecutado de inmediato; uno de ellos, con la promesa de salvarse, delató a Israel Kanal por falsificar sus documentos. El 3 de septiembre Kanal, el joven que había atentado contra el exjefe de policía, pasó a la clandestinidad. Poco después Shamuel Breslaw fue asesinado en la calle a palos mientras trataba de defenderse con un cuchillo. La resistencia perdía a uno de sus mejores combatientes.

Había mejorado el armamento de los grupos, pero seguía siendo ridículo ante el poder de las ss. Llegaron tres cajas de dinamita y algunas pistolas inutilizadas. Los frecuentes contactos con la resistencia polaca que tenía depósitos del ejército derrotado no dieron mayores resultados, a lo más un revólver o una pistola, y siempre compradas, riesgo enorme en muchos casos por las trampas de la Gestapo.

Un informe posterior de la inteligencia militar estadounidense revelaría que, en el verano del 43, el movimiento de resistencia polaco Armia Krajowa poseía un arsenal de treinta y cinco mil rifles, seis mil pistolas, treinta mil granadas y seiscientas ametralladoras producto del lanzamiento en paracaídas británicos y los restos del armamento oculto tras la derrota del ejército polaco.

Zuckerman y los líderes de los grupos decidieron mudar el pequeño depósito de armas (cinco pistolas y ocho granadas) a un nuevo escondite, pero la responsable del movimiento, Reginka Justman, fue detenida por centinelas alemanes que descubrieron las armas dentro de un saco de verduras; fue interrogada sin que confesara sus nexos y fusilada.

Los grupos de la resistencia estaban desmoralizados, varios activistas propusieron atacar a mano limpia a los alemanes, pero Zuckerman, Lubetkin y Arie Wilner los convencieron de que primero había que reconstruir la tan dañada organización y esperar el lento acopio de armas.

Wilner, llamado Jurek, era el contacto con el Armia Krajowa, pero también intentaba conseguir armas de los contrabandistas. Vivía en la zona polaca en un cuarto de una sola pieza, con un catre, una mesa y un armario. El escaso material que conseguía lo guardaba debajo de la cama, lo que enloquecía a sus contactos polacos. Junto con Michael Klepfisz, logra introducir, a través de un paso en el muro usado por contrabandistas y cohechando a la policía polaca, dos revólveres en cajas de madera cubiertas de clavos. A eso siguió el paso casi milagroso de tres cajas de dinamita. Michael, estudiante del Politécnico de Varsovia, de menos de treinta años, fue el reinventor de las bombas molotov, «estudiando las mezclas correctas de potasio, sulfato y gasolina», ácido hidroclorídrico y azúcar. Tenían un taller donde trabajaba el más joven de los miembros de la ZOB, el infatigable Lusiek Blones, de trece años; el problema ahora era la falta de botellas.

XXII

Se reinicia el ciclo de la muerte

Judíos obligados a salir de los refugios

Entre el 6 y el 10 de septiembre de 1942 los alemanes volvieron a sangrar el gueto de Varsovia, enviando a la muerte o a campos de trabajo esclavo a muchos judíos. En el proceso de «selección» treinta y cinco mil ochocientos ochenta y cinco fueron deportados al campo de exterminio, dos mil seiscientos cuarenta y ocho fueron fusilados en las calles durante el proceso y sesenta se suicidaron. El teclado se paraliza cuando uno trata de convertir los números en imágenes, en rostros, en personas. De los treinta y cinco mil obreros que tenían permisos de trabajo dados por las ss, muchos fueron concentrados en el barrio de David. ¿Serían los siguientes?

El 16 de septiembre la operación selectiva prosiguió; dos mil cien judíos, entre ellos ciento cincuenta policías, fueron enviados al gueto de Lublin; seiscientos más, destinados al campo de trabajo en el número 7 de la calle Lipowa; sesenta más, al Flugplatz; y muchos otros, al campo de trabajo de Majdanek. En total partieron hacia la esclavitud once mil quinientos ochenta, según las fuentes alemanas. ¿Quién sabe cuántos llegaron vivos? Para el 21 de septiembre el número de policías judíos en activo había descendido de dos mil a trescientos ochenta. La sangría fue tremenda: doscientos setenta mil ciento veinte judíos fueron enviados a la muerte en Treblinka; diez mil trescientos más murieron en el gueto en asaltos, desalojos, fusilamientos. Una niña judía, a quien le preguntaron qué le gustaría ser, respondió: «Un perro, porque los guardias quieren a los perros».

El 24 de septiembre de 1942 el ss Karl Brandt proclamó el fin de la gran operación del gueto de Varsovia. Solo permanecían aproximadamente, dentro de la ciudad sitiada, sesenta mil judíos.

XXIII

La Organización Judía de Combate (ZOB)

Mordejái Anilevich

Mordejái Anilevich y Mira Fuchrer regresaron al gueto clandestinamente en septiembre del 42. Resulta sencillo formularlo así, pero aquellos dos jóvenes debían estar dotados de una muy especial fortaleza para volver al corazón de las tinieblas, al centro de deportación y asesinato de judíos más brutal de todo el planeta.

Deberían encontrarse en pésimas condiciones físicas. Mordejái adoptó el seudónimo de Malachi, por el profeta bíblico Malaquías («el mensajero») y tomó la dirección del Hashomer Hatzair para cubrir las bajas de Kanal y Breslaw. Edelman cuenta: «Cuando llegó de Silesia al gueto le dimos algo de comer y se aferró al plato con la mano, para que nadie le pudiera quitar la comida». Mira comenzó a trabajar en una pequeña sastrería con sus amigas Towa Frenkel y Rachel Zilberberg.

En el gueto desangrado fue desvaneciéndose la opinión de que cualquier tipo de acción desencadenaría una represalia total y, una vez que los alemanes se hubieran desembarazado de los enfermos y los viejos, los restantes que podían trabajar en los talleres y fábricas podrían sobrevivir. Para la mayoría de los jóvenes obreros y de los refugiados, muchos de ellos solitarios que habían perdido toda su familia, era claro que terminarían todos asesinados en Treblinka; «la esperanza de la supervivencia se había trocado en la certeza de la muerte». Entonces, ¿por qué no morir combatiendo?

Anilevich tuvo conversaciones como representante del Hashomer con los restos del Judenrat, sin encontrar apoyo. El 15 de octubre del 42, en el cuartel de su organización en la calle Mila 61, los grupos que estaban a favor de la resistencia armada y que habían intentado organizarse a mitad de julio volvieron a reunirse: el Hashomer Atzair y el Dror, los comunistas del PPR, el Bund, y lograron sumar al movimiento juvenil de corte religioso Bnei Akiva. Era claro que la resistencia tenía que combatir y, en principio, había que destruir la estructura de colaboración judía con los nazis.

De estas fuerzas unificadas nace la Zydowskiej Organizacji Bojowej (ZOB), la Organización Judía de Combate. La militancia de los grupos resistentes podía sumar a la ZOB de cuatrocientos cincuenta a quinientos hombres y mujeres especialmente seleccionados para evitar la infiltración. La mayoría tenía menos de veinticinco años; los más jóvenes alcanzaban los trece. Las organizaciones conservarían sus estructuras clandestinas y crearían grupos de cinco a siete combatientes. Del Akiva se suman dos jóvenes de Varsovia, importantes refuerzos: Chaim Frimmer y Lejb (Lutek) Rotblat (de veinticuatro), huido de un orfanato.

Tosia Altman, la jovencita que ejercía las más peligrosas acciones de enlace, diría: «Supe que ya no me pertenecí a mí misma». Zivia Lubetkin, que formaría parte de la dirección de la ZOB, hablaba del trabajo clave de los correos y los enlaces: «Animaban, organizaban, localizan sitios de encuentro seguros, distribuían la propaganda, transportaban armas».

Marek Edelman, que ingresa a la ZOB como miembro activo del Bund, siendo enfermero y habiendo jugado un papel clave en la gran deportación al recuperar a militantes que habían sido detenidos para ir a Treblinka, no con exceso de ecuanimidad comentaría:

Eran maravillosos muchachos de familias civilizadas; tenían estudios, teléfonos en sus casas y maravillosos cuadros en las paredes, originales, no reproducciones. Yo no era nada comparado con ellos. No era miembro de la burguesía. Tenía estudios muy pobres. No podía cantar tan bien como ellos. No sabía montar en bicicleta y ni siquiera tenía casa porque mi madre había muerto a mis catorce años.

La lista no hacía justicia a la militancia de la ZOB: huérfano como él era Rotblat; más pobre que él era y había sido Mordejái, y Arie Wilner había pasado la adolescencia en un convento católico escondiéndose de los alemanes.

Edelman también da la noticia de que Mordejái fue nombrado comandante en jefe de la ZOB en noviembre: «Quería ser comandante, de manera que lo nombramos. Su ambición era un tanto infantil, pero era un tipo talentoso, muy ilustrado, lleno de energía. Tenía un gran verbo juvenil y entusiasmo, no había vivido la gran deportación». Quizás Edelman sea particularmente áspero con Mordejái; al paso de estos años, más de setenta, parece poco sólido que haya sido nombrado por un amplio grupo de luchadores juveniles que se han estado jugando la vida tan solo porque «quería serlo». Otras importantes virtudes deberían sumarse en el reconocimiento de sus pares. En esos momentos Anilevich tenía veintitrés años.

Isaac Zuckerman escribió: «A veces aprendes más sobre una persona en un solo momento como si hubiera sido iluminada por un solo destello luminoso». Esta reflexión más literaria que política se acerca más a la verdad: los militantes de la ZOB, ahora que habían decidido devolver el asesinato con la guerra, estaban dotados de un destello luminoso.

XXIV

Lejkin

Policía judía

La primera acción de la zob fue el atentado contra Jakob Lejkin, el nuevo jefe de la policía judía, que había sustituido a Szerynski en mayo. La operación quedó a cargo de tres miembros originalmente del Hashomer, Eliyahu Rozanski (Elik), Chai Grobas y Emilia Margalit Landau, de diecisiete años, hija del director del Taller de Carpintería de Alemania Oriental (obw, por sus siglas en polaco) en el gueto, Aleksander Lejb Landau.

Durante varios días pudieron seguirlo y trazar la trayectoria de sus rutinas. Al caer la noche del 29 de octubre de 1942, Elik interrumpió el paseo del policía cuando caminaba de la estación de policía a su casa en la calle Gesia y lo mató a tiros. Su ayudante Czaplinski, que caminaba a su lado, quedó herido. El ataque fue recibido gozosamente por los supervivientes del gueto.

Un mes más tarde la ZOB atentó en contra de uno de los miembros destacados del Judenrat, Israel First, que tras haber sido el enlace con la Gestapo en los días de la gran deportación, estaba a cargo de la economía del gueto. El 28 de noviembre David Schulman del Dror lo mató en la calle Muranowska.

En diciembre de 1942 el Ejército Nacional Polaco (una organización militar dependiente del gobierno en el exilio) entregó a la ZOB un primer cargamento de diez pistolas, de las cuales cuatro eran inservibles. Algunas más se contrabandearon, pero seguía siendo una cifra ridícula.

Kazik forma parte de uno de los grupos de combate, el de la calle Lezno 60 o 66, «éramos como un kibutz, dormíamos juntos, comíamos juntos»; lo dirigía Benjamin Wald. Entre las primeras operaciones de ese grupo se encuentra el rescate de prisioneros que tenía detenidos la policía judía en el gueto y que eran entregados a la Gestapo tras uno o dos días.

XXV

La Comuna de París. El peso de la historia

Propaganda de la Comuna de París

Mordejái Anilevich escribiría:

Sobre las ardientes barricadas permanecían hombres, mujeres y niños, alzando su sangrienta bandera. Un grito brotó llamando a un mudo nuevo y bello. Y nosotros, el pueblo de la eterna nación errabunda [...] como si a

97

causa de lenguas de acero nuestras gargantas se mantuvieran calladas por las garras de la degradación. ¿Y qué más allá? El futuro pertenece a aquellos que suben a las barricadas y con sus ardientes corazones forjarán un camino a la humanidad hacia una nueva vida.

XXVI

ZZW

Pawel Frankel

Una segunda organización paramilitar operaba dentro del gueto, la Zidowski Zwiazek Woskowy, Unión Militar Judía (zzw, por sus siglas en polaco), surgida entre otras fuerzas del Betar, el movimiento juvenil formado por Vladimir Jabotinsky en 1923. Con una estructura clandestina muy sólida, un mayor tiempo de haberse organizado y estando mejor armada que la ZOB, no había actuado durante la gran deportación.

Nacida de dos vertientes, un grupo de oficiales polacos judíos dirigidos tras la guerra por un no judío, el capitán Henryk Iwanski, se organiza y enlaza con otro encabezado por el teniente (o capitán, las fuentes difieren) David Maurice Apfelfbaum, se hace con armas y reúne a casi cuarenta exsoldados. Posiblemente su origen se remonte hacia diciembre de 1939, a la colaboración con el Ejército del Interior Polaco que les ofreció armas y entrenamiento. Se unen al cesar las deportaciones con el grupo juvenil conservador del Betar (hacia diciembre del 42). Su cabeza visible en esos momentos parecía ser un judío de Varsovia de veintidós años, Pawel Frankel, exoficial del ejército polaco.

Las discrepancias políticas previas entre las organizaciones juveniles no permitieron una aproximación franca de los dos grupos. Los socialistas consideraban a los ZZW como muy apegados al ejército clandestino polaco y a los militantes del Betar. Los veían como reaccionarios e, incluso, Emanuel Ringelblum, que había asumido la labor de organizar el archivo clandestino del gueto, escribió tras una reunión de contacto que eran un grupo de «fascistas de la escuela italiana», aunque reconoció que «están bien armados y no tienen miedo de nada». Marek Edelman los calificó como «asquerosos». El sectarismo estaba en su mayor nivel.

La ZZW no solo tenía armamento: había creado refugios, depósitos y túneles, uno de ellos cubría cuarenta metros bajo la superficie y recorría la calle Muranowska hasta el exterior del gueto.

Un misterio, que ha producido no poco debate historiográfico, se inicia cuando diversos testigos y posteriores historiadores (incluido Moshe Arens, quien después sería ministro de defensa de Israel) analizan la dirección militar de la zzw. Varios aseguran que Frankel estaba subordinado a un jefe superior, otro exoficial polaco de treinta y ocho años, David Moryc (Mieczyslaw o Mietek o Maurice) Apfelbaum, conocido como Kowal («el Herrero»), exteniente del ejército polaco. Varios autores (algunos basados en las memorias del doctor Dawid Wdowinski, jefe político aunque no combatiente de la zzw) afirman rotundamente que Apfelbaum no existió y que es una figura mítica.

Fuera cual fuere la realidad de este misterioso personaje, el hecho es que los contactos entre la zob y la zzw no produjeron ningún tipo de unidad. En una reunión entre Frankel y Anilevich, los militantes se mostraron ostensiblemente las armas (escasas, por cierto). Dominaba la desconfianza. Tras varias reuniones la zob propuso que los miembros de la zzw se sumaran individualmente y, desde luego, no aceptó la contrapropuesta de que Pawel Frankel fuera el jefe militar del proyecto insurreccional que estaba fraguándose.

XXVII

Gancwajch

Grupo 13, creado por Abraham Gancwajch

El complejo mundo del gueto produce personajes candidatos a la mejor novela, terribles monstruos, increíbles burócratas, inmaculados inocentes, prodigiosos militantes y abominables traidores a todos y a todo. Abraham Gancwajch, también conocido como Ganzweich, judío nacido en la ciudad polaca de Czestochowa, formado como periodista en la ciudad de

Lodz, trabajó en Viena como reportero sobre asuntos judíos para el periódico *Gerechtigkeit* (Justicia), donde se hizo una reputación como escritor y orador fogoso. Expulsado de Austria, volvió a Polonia entre 1936 y 1938, y se instaló en Varsovia. Tras la invasión alemana se infiltró en la estructura del Hashomer Hatzair, y al erigirse el gueto comenzó a vender información a la Gestapo mientras construía una organización criminal, dedicada a la extorsión, el robo y el contrabando, que en diciembre de 1940 se llamaba Grupo 13, porque tenía su cuartel en el número 13 de la calle Lezno. La organización amparada por los alemanes llegó a tener una relativa importancia y era descrita por Ringelblum como la «Gestapo Judía», y por Janusz Korczak, director del asilo, como «el Diablo».

Gancwajch, sobre el que curiosamente abunda información en Wikipedia, «creía que los alemanes ganarían la guerra y pidió a los judíos de Varsovia que les sirvieran como un medio básico para sobrevivir». Era partidario de la colaboración por razones económicas y produjo varios panfletos llamando a la obediencia. Incluso fue defensor del plan nazi de llevar a los judíos a Madagascar en África bajo el dominio del Reich, plan que fue rápidamente sustituido por la terrible «solución final». Intentó sustituir a Adam Czerniakow, como dirigente del Judenrat y creó, con el dinero que estaba acumulando a través del Grupo 13, una imagen de benefactor fundando un hospital que contaba incluso con una ambulancia, el cual era usado para operaciones de contrabando. Mientras vivía en medio de la riqueza, en el interior del gueto fundó una organización armada llamada Zagiew, financiada por la Gestapo y a la que la zzw condenó y mantuvo bajo fuego en varias ocasiones, logrando eliminarla a pesar de que el talento criminal de Gancwajch y el dinero de los alemanes la reconstruían utilizando al bajo fondo del gueto.

XXVIII

«La honorable tarea».
Finales del 42, enero del 43

Talleres Többens und Schultz

En diciembre de 1942 la ZOB, en la tarea de coordinar los guetos existentes a lo largo de toda Polonia, envió a Zuckerman a Cracovia, donde intervino en un ataque al Café Ziganera, un restaurante protegido y concurrido por los oficiales del ejército alemán. Isaac fue herido en una pierna y regresó al gueto de Varsovia con grandes dificultades; los dos compañeros que lo acompañaban en el atentado fueron descubiertos y ejecutados.

En Varsovia, cuando pudo recuperarse, Zuckerman fue nombrado jefe de los ocho grupos de acción de la zob en el área de los talleres de Többens und Schultz.

En el gueto la resistencia concentraba sus esfuerzos en conseguir armas y en movilizar a los habitantes construyendo refugios, búnkeres subterráneos, pasadizos bajo tierra, pasajes entre edificios y sótanos clandestinos. Ahí brillaban las habilidades organizativas de Anilevich. En algunos lugares se llegó a tal sofisticación que se desarrollaron sistemas de circulación de aire, ventilación, electricidad y abasto de agua. En un gueto hambreado, mágicamente se crearon algunos depósitos de comida y medicinas. Lo que en condiciones menos extremas hubiera resultado extremadamente difícil, entonces resultó prodigioso.

Al iniciarse el año de 1943 las autoridades alemanas anunciaron un decreto en las calles de la Varsovia polaca, el cual decía claramente que cualquier ciudadano que ayudara a un judío sería fusilado. Una parte de la prensa clandestina polaca respondió: «Es la honorable tarea de cualquier polaco ayudar a las víctimas de la opresión alemana». Pero la voz moral de la resistencia era muy minoritaria; el gueto estaba cada vez más aislado y a la espera del golpe definitivo.

XXIX

Himmler en Varsovia

Himmler saludando a Hitler en ceremonia

Heinrich Himmler, el Reichsführer de las ss, llegó a Varsovia el 9 de enero del 43. Venía indispuesto porque se mareaba frecuentemente y vomitaba en los aviones. Estrábico, de frente amplia con tendencia a la calvicie y un bigote ridículo, de gestos rígidos, como si fuera un muñeco mecánico, sin sentido del humor, aún no cumple cuarenta y cuatro años y ha concentrado en sus manos un inmenso poder en todo el Reich. Escribirá seis meses más tarde refiriéndose a la «solución final» del problema judío: «Esta página de gloria en nuestra historia nunca se ha escrito ni se escribirá jamás».

Aunque algunas fuentes dicen que visitó la zona cercada, no hay registro fotográfico y lo más probable es que haya tenido solo reuniones de coordinación en la zona aria de la capital polaca. Si vio los muros cubiertos de alambre de púas o no, no es importante; lo es el hecho de que portaba la orden precisa de reducir a ocho mil judíos la población del gueto —que en esos momentos era de entre sesenta y cuarenta mil— enviándolos a Treblinka para su asesinato y reducir la pequeña estructura industrial de trabajo esclavo. Estaba molesto con los grandes propietarios privados que habían hecho grandes fortunas con la complicidad de los mandos medios de las ss y pidió que auditaran la fortuna de Többens. Aprovechó para concretar el plan de terminar con el gueto con Fischer. Algunas fuentes registran que antes de volver a Berlín visitó Treblinka y contempló una de las zanjas repleta de cadáveres.

El 16 de enero en las cercanías de la ciudad, y dentro de la ciudad maldita, se comenzaron a concentrar tropas de choque nazis. Estaba a punto de iniciarse la segunda parte de la gran deportación. Esta vez, la policía judía, prácticamente liquidada, no tendría intervención; por lo tanto, no hubo filtraciones. No hubo alerta en el interior del gueto.

XXX

La acción de enero

Insurrección en el gueto

Un superviviente recordará que en Varsovia el frío era terrible en los primeros días de enero del 43, «días glaciales», dirá. Las heladas habían causado miles de muertes en casas donde se hacinaban los grupos de judíos más pobres y que no tenían calefacción.

A cargo de la operación estaba el jefe de las ss en la capital, Ferdinand von Sammern-Frankenegg, un nazi austriaco de la vieja guardia, de cuarenta y cinco años, que había participado en la gran deportación y que le había asegurado a Himmler que acabaría sin dificultades con el «exceso» de habitantes judíos enviándolos a Treblinka y concentrando a los trabajadores de las fábricas en campos de trabajo en Lublin.

El 18 de enero de 1943 un contingente de ochocientos ss letones y lituanos, doscientos gendarmes alemanes y dos tanques ligeros entraron al gueto sin previa advertencia. Un primer objetivo fue el hospital. Los enfermos fueron sacados de las salas y cuartos, y arrastrados por las calles. Ya no era necesaria la ficción de que los capturados serán reubicados en campos de trabajo en el oriente polaco. No solo los enfermos resultaron tomados por sorpresa, muchos trabajadores que se habían concentrado para ir a las fábricas en la zona externa del gueto fueron capturados. La ZOB no pudo organizar una respuesta coordinada y algunos grupos actuaron espontáneamente.

Para los jóvenes activistas, una vez superada la confusión, se vive al instante. Mientras recorren las calles desoladas del gueto, permanentemente al borde del accidente fatal, la denuncia, la muerte, el futuro más allá de lo inmediato no existe. Los lugares comunes debilitan la verdad; decir que se había perdido el miedo a la muerte es una tontería. Lo que subsiste es el miedo a tener un miedo que te paralice y la creciente decisión, machacada en cada una de sus conversaciones, sus reuniones, de que si la muerte no podía evitarse, sí se podía elegir la manera de morir.

La unidad de Mordejái Anilevich se infiltró entre los detenidos que marchaban custodiados por los alemanes hacia la plaza Umschlag; armados con unas cuantas pistolas y granadas caseras, se dispersaron a lo largo de la columna. Al darse la señal, entre las calles

Zamenhoff y Niska, los miembros del grupo de combate de la ZOB atacaron a la escolta arrojando una granada. Se produjo una reacción de pánico, los detenidos huyendo y dispersándose, los alemanes desconcertados porque no esperaban ningún tipo de resistencia.

Tras el primer choque las SS contraatacaron. Anilevich disparó hasta descargar su revólver y quedarse sin municiones, luego tomó un fusil de un soldado alemán muerto, pero al hacerlo quedó al descubierto. Fue salvado por la intervención de un grupo de compañeros, que lo cubrieron disparando sus revólveres. Los alemanes se retiraron, dejando varios muertos y heridos. Mientras tanto, el poeta Icchak Katzenelson informó a la unidad de Zuckerman que destacamentos alemanes masivos estaban entrando al gueto. El grupo contempló el inicio del enfrentamiento, pero estaba muy lejos para intervenir.

Las bajas de los combatientes del primer grupo de la ZOB fueron significativas: Eliyahu Rozanski, el ejecutor de Lejkin, demostró un valor increíble saltando entre las balas, pero herido gravemente murió poco después. Margalit Landau murió mientras arrojaba una granada, al igual que Emilka Landau. En la calle Mila cayó Ichak Giterman. Marek Edelman comentaría: «Perdimos a la crema de nuestra organización ahí».

Solo cinco grupos de la ZOB actuaron, los otros no llegaron a tiempo a los escondrijos donde estaban las armas. Los grupos de combate de la ZZW apenas si intervinieron y no utilizaron su arsenal, se dijo más tarde que porque no querían revelar su organización y potencia de fuego prematuramente.

Un grupo del Dror en el número 4 de la calle Mila observó a lo lejos el primer choque y luego enfrentó a una patrulla de alemanes que habían entrado al edificio; tenían cuatro pistolas y cuatro bombas de mano. Zivia Lubetkin dirá:

> Los dejamos entrar, con un valor y una sangre fría extraordinaria nuestro camarada Zachariah Artstein, que fingió rendirse, fue el primero en alzar las manos y abandonar la habitación. Disparamos entonces contra los alemanes que estaban dentro, mientras que Artstein lo hacía contra los que estaban fuera. Los alemanes retrocedieron, abandonaron a los muertos [...] Nos apoderamos de sus armas, importantísimas para nosotros.

Otras fuentes contarán que Arstein estaba leyendo en la puerta cuando entraron los alemanes, pero no registrarán qué estaba leyendo poco antes de dispararles por la espalda en el acceso a lo que era el cuartel del Dror.

En la acción está presente, porque vivía en otra parte del gueto, el viejo poeta de cincuenta y siete años Icchak Kacenelson. Los términos son relativos: se es «viejo» comparado con aquella banda de jóvenes de quince, dieciocho, veintidós años. Es un día para los poetas, uno de ellos más joven, nacido en Varsovia en 1914, también periodista y actor, Wladyslaw Szengel, escribe «Contraataque»:

> Con su flamante uniforme / En el ángulo de la calle Mila / yace el gordo ss, moribundo / Mientras que hacia la calle Pawia / he aquí que otro guardia verde / se va tambaleándose como un borracho / para desplomarse sin un grito / en el arroyo negro y mugriento / de la Pawia, sucia calle judía.

En la noche hay un nuevo intento de penetrar al gueto, patrullas nazis con perros ingresan por las puertas principales, pero son recibidas a tiros y se repliegan. Según el servicio de información del ejército clandestino polaco dependiente de Londres, el Armia Krajowa, los alemanes tuvieron en el día veinte muertos y cuarenta heridos. En represalia, esa misma noche la Gestapo colgó a cien rehenes.

Al día siguiente, los alemanes volvieron a intentar la penetración y atacaron casas para hacerse de detenidos y cumplir la entrega a los trenes de los ocho mil judíos que irían hacia Treblinka. El grupo de Zuckerman decidió no entrar en combate abierto, sino usar tácticas de guerrilla urbana y organizar emboscadas desde techos y ventanas. Comentaría:

> Combatimos desde las casas durante dos días. Éramos unos cuarenta, solo algunos de nosotros estábamos armados. Circulábamos por los techos, y a los alemanes les parecía que estaban contra ellos muchos grupos. De hecho, eran pequeños comandos. Obtuvimos armas, matamos alemanes y les quitamos las pistolas, obtuvimos granadas y rifles. Y la última cosa que ganamos fue la fe en que sabíamos pelear.

Ese día el coronel Hahn, jefe de la Gestapo, utilizó la organización de Gancwajch para lanzar volantes llamando a los grupos de combate a combatir en las calles y abandonar los refugios. Los mandos de la ZOB y de la ZZW denunciaron la provocación. La ZOB condenó a muerte al dirigente del Grupo 13, que huyó del gueto. A partir de ese momento siguió actuando en el lado alemán de Varsovia, fingiendo ser miembro de las organizaciones combatientes subterráneas, buscando y denunciando polacos que escondían o apoyaban a judíos.

El mando alemán comenzó a desesperarse. Se produjeron cuatro pequeñas batallas, trataron de progresar en el interior del gueto, pero se encontraron inesperadamente con varios focos de resistencia. Los convocados a la deportación no se presentaron y se escondieron en sótanos y áticos.

El 20 de enero, el tercer día de la Aktion, dos batallones de las ss, estacionados habitualmente en Lublin, rodearon las fábricas de Többens und Schultz. Al lado del comandante de la operación, Von Sammern, estaba Theodor van Eupen, el Carnicero de Treblinka. Los ss ordenaron a los propietarios alemanes de las fábricas que comenzaran a preparar la maquinaria y a los trabajadores para la reubicación, pero en varios talleres los obreros iniciaron una huelga y quemaron las máquinas. Y, de repente, se produjo el milagro. La maquinaria alemana, que no estaba acostumbrada a ser frenada, después de cuatro días cesó sus movimientos. Se había producido un cambio en las relaciones entre los alemanes y el gueto. Un ciudadano escribió: «Gracias a la resistencia durante la Aktion de hoy no hubo un solo instante en que los asesinos buscaran gente tranquilamente en los sótanos, simplemente tenían miedo de entrar». La operación terminó de manera formal el 22 de enero. De los ocho mil judíos que habían querido capturar y enviar a Treblinka, solo habían podido detener a cinco mil. El último día los nazis asesinaron mil judíos en las calles del gueto, casi todos ellos desarmados, como una venganza ante un barrio que había dejado «el silencio y la sumisión». Nuevamente la voz del poeta Wladyslaw Szlengel alumbra: «Ante la nada y la noche / antes de que abandonemos la vida / pon armas en nuestras manos».

XXXI

Los túneles y el júbilo

Zivia Lubetkin

Los activistas de la ZZW y de la ZOB comenzaron a construir nuevos pasadizos y rutas a través de desvanes y techos. Kazik cuenta: «Cavar túneles era un problema, no solo porque había que ocultarse de la policía judía y de los alemanes, sino también de los vecinos». La ciudad maldecida crecía bajo sí misma: túneles, pasadizos, vericuetos, rampas para comunicar edificios. Una nueva geografía invisible surgía. Y no solo crecía bajo la superficie, también creaba refugios utilizando falsos accesos a las terrazas y azoteas.

Pese a que los tres días de combate habían hecho que la resistencia aumentara su prestigio frente a las organizaciones armadas polacas, la Gwardia Ludowa (la Guardia del Pueblo de los comunistas) y en menor medida la Armia Krajowa, llamada también el Home Army, que dependía del gobierno de Londres, y parecía que los contactos reanudados fueran a desembocar en apoyo, las continuas peticiones de armamento de la ZOB no tuvieron resultados inmediatos. A causa de la falta de armas y municiones se decidió establecer el principio de solo «combatir a la defensiva».

Zivia Lubetkin (seudónimos Cywia o Celina), miembro de la dirección de la ZOB, escribiría:

Es difícil para mí describir la vida en el gueto durante esa semana, y he vivido años allí. Los judíos se abrazaban y besaban unos a otros [...] era casi cierto que sabían que no sobrevivirían. Aun así, había llegado el día de nuestra venganza, aunque ninguna venganza podía llenar nuestro sufrimiento. Por lo menos estábamos combatiendo por nuestras vidas y esa sensación iluminaba el sufrimiento y posiblemente también hacía más fácil para todos morir.

La ZOB publicó un manifiesto dirigido a los habitantes del gueto el 22 de enero:

Hay que estar preparados para resistir, no dejarse llevar al matadero como ovejas. Ni un solo judío debe entrar en los vagones del ferrocarril. Aquellos que no puedan formar parte de la resistencia activa, deben resistir pasivamente, lo que significa esconderse [...] Nuestro eslogan debe ser: Todos listos para morir como seres humanos.

XXXII

La ética en tiempos de mucha muerte, de todas las muertes

Imagen de judío muriendo de hambre

La periodista Ana Krall registra la voz de Edelman: «Morir en una cámara de gas no es de ninguna manera peor que morir en batalla, la única muerte indigna es cuando intentas sobrevivir a expensas de alguien más». Edelman añade:

Tienes que entender esto de una vez y para siempre. Aquellas gentes fueron silenciosas y tuvieron dignidad. Es una cosa horrenda cuando uno va silenciosamente a la propia muerte. Es infinitamente más difícil que irse disparando. Después de todo es mucho más fácil que abordar un tren, viajar en él, cavar un hoyo, desnudarse... ¿Entiendes? Sí, veo, lo veo. Porque es mucho más fácil, aun para nosotros, mirar la muerte cuando estamos disparando que cuando estamos cavando un hoyo para nosotros mismos.

XXXIII

El aislamiento

Wladyslaw Szlengel

Wladyslaw Szlengel cuenta en un poema cómo se sienta frente a su teléfono en el gueto y permanece mirando por la ventana al parque en el otro lado de la calle. El teléfono todavía funciona, pero no tiene nadie a quien llamar en la otra Varsovia más allá de la pared, hacia donde estaba su casa antes de 1940.

XXXIV

Los enlaces, el amor

Tosia Altman

La supervivencia de la resistencia depende de sus enlaces. Son los más jóvenes, los que viven en continuo riesgo, los que asumen las tareas imposibles; son los más ingeniosos, los que se mimetizan con paisajes cambiantes. La adolescente Tosia Altman, que trabajaba como correo de la ZOB con el exterior, hizo diseminar la información de los tres días de enfrentamientos hacia los guetos de Vilna, Bialystok, Minsk, Lodz y Riga. Viajó para llevar la buena nueva: se estaba combatiendo por casi toda la Polonia ocupada. Quizás el mejor retrato de esta pequeña legión es la foto en que aparecen dos adolescentes sonrientes, Kazik y Tadek; vienen abriendo camino, descubriendo los riesgos a Zuckerman, que está en un segundo plano, borroso y fuera de foco, y viste elegantemente un abrigo y bigote.

Lonka Kozibrodzka era tan rubia y hablaba un alemán tan excelente que actuaba como correo, fingiendo ser «la arrogante esposa de un oficial alemán», lo que en los frecuentes viajes en tren con papeles falsos la protegía de los registros. No era labor fácil. Hela Schipper, dirigente del Akiva, esposa de Rotblat, en una misión para obtener armas para los judíos del gueto de Cracovia fue detenida por la policía con el argumento de que «tenía una nariz judía»; milagrosamente se les escabulló, pero en la huida lograron herirla de un tiro en una pierna. Conforme se van recogiendo estas pequeñas historias, puede descubrirse la enorme participación de mujeres en los grupos de acción; probablemente ninguna otra organización de combate en la Europa ocupada tenía una composición femenina tan alta, sin duda, originada en los grupos mixtos del escultismo de preguerra.

Uno de los grupos de combate de la ZOB tenía ocho miembros, cuatro mujeres y cuatro hombres. Kazik recordará que, a pesar de la estrecha convivencia, las relaciones de los dirigentes del movimiento tenderían a ser platónicas; los cuadros hablaban de la «pureza sexual». Aun así, se crearon algunas parejas de hecho: «Para nosotros estaban casados, aunque no hubieran pasado por una ceremonia». Era un mundo con sus propias reglas.

XXXV

La pausa

Miembros letones de las ss

Los industriales Többens, Brandt y Stegman recorrieron las fábricas, ofreciendo a los obreros su traslado y el de las empresas a Poniatow, Lublin y Trawniki; los trabajadores no les creyeron. Durante ochenta y siete días la más absurda de las treguas se estableció. Era obvio que los alemanes volverían a intentarlo. ¿Cuándo? ¿Cómo? ¿Por qué no reaccionaban? ¿Había sido tan demoledora la sorpresa? La resistencia controlaba el gueto de Varsovia y las patrullas alemanas no entraban durante el día; la policía judía casi había desaparecido, los informantes eran ejecutados. Para la prepotencia y el orgullo nazi la situación era en el mejor de los casos insultante. El ZOB sobornó al Judenrat, lo chantajeó y lo obligó a entregar dinero. Le sacaron un millón de zlotys, tomando como rehén al hijo de uno de sus dirigentes, a quien llevaron a una prisión clandestina. Se aplicaron impuestos a los ricos, voluntaria o forzosamente, para recabar fondos y comprar armas.

Se volvió a establecer comunicación con el Ejército Territorial Polaco (Armia Krajowa), que tenía muchas dudas en apoyar a los judíos del gueto. El comandante Kalina escribió el 4 de enero:

Después de todo, los judíos de cualquier grupo, incluyendo los comunistas, se acercan a nosotros pidiendo armas como si nuestros depósitos estuvieran llenos. Como un experimento les di unos cuantos revólveres. No tengo seguridad de que vayan a usarlos. No voy a darles más, porque, como ustedes saben, no tenemos, estamos esperando un nuevo envío. Infórmennos qué contactos tienen nuestros judíos con Londres.

La entrega fue de cincuenta pistolas (de las que solo treinta y cinco servían), cincuenta y cinco granadas y ocho kilos de explosivos, y fueron vendidas, no regaladas.

Marek Edelman cuenta:

Conseguíamos armas. Las contrabandeábamos del lado alemán. Sacábamos dinero de todo tipo de instituciones y ciudadanos privados. Se pagaba de tres mil a cinco mil, por una pistola [...] Cuanto más nos acercábamos a abril más caras las pistolas, la demanda creció en el mercado. Pasar un judío al lado alemán costaba de dos mil, a cinco mil zlotys. Todo tipo de precios. Dependía de si la persona parecía judía, si hablaba con acento, si era un hombre o una mujer.

Tosia Altman era responsable de la introducción de contrabando de la red de la ZOB, varias veces estuvo a punto de ser capturada.

Dos mil litros de petróleo fueron metidos en el gueto y se creó una «fábrica» que producía cocteles molotov. Aun así, los frenéticos esfuerzos daban resultados minúsculos. Tras los combates de enero, la ZOB y la ZZW no reunían más de trescientos combatientes armados con una pistola y de diez a quince balas, cuatro o cinco granadas y cuatro o cinco cocteles molotov. Para todo el gueto se contaba con diez rifles y una ametralladora.

Gracias a sus contactos con la resistencia polaca, la ZZW incrementó notablemente su armamento, llegando a contar con trescientas pistolas y dos ametralladoras. Se mejoraron los búnkeres y los refugios subterráneos, mucho más sofisticados que los existentes en enero, con entradas disimuladas por el camuflaje, agua, electricidad y depósitos mínimos de comida, pasajes, en algunos casos, que los vinculaban. Algunos podían refugiar hasta cien personas. Lutek Rotblat, que junto a su madre había escondido a los niños del orfanato de la calle Mila durante la gran deportación, fue el responsable de organizar un nuevo atentado. Estaba loco de rabia después de que los niños habían sido enviados a la muerte. Él había protegido a ochenta de ellos en el ático (búnker de azotea) que dirigía. El 11 de febrero un comando de la zzw interrumpe en una lujosa fiesta de judíos colaboradores de la Gestapo y ametralla a cinco de ellos; el más significativo, León Sosnovski (que había declarado: «Si sobreviven mil judíos en el gueto nosotros estaremos entre ellos»), logra evadirse.

El 21 de febrero la zob ajusticia a Leon Waintraub. El 22 de febrero Zachariah Artstein, Abraham Breier y Pawel Schwartzstein ejecutaron a Alfred Nossig, conocido escritor y sionista, miembro del Judenrat y cercano colaborador de la Gestapo, que lo había colocado dentro del Consejo como su enlace. El 26 matan a Zbigniew Brzezinski; el 28, a Bobi Negel; y ese mismo día a Adam Szajn, el editor de un periódico provocador financiado por la Gestapo. Dejan mensajes sobre los muertos firmados por la zob: «Judíos al servicio de los alemanes». Hacia finales de marzo ejecutan a Jacob Hirszfeld, directivo judío de la fábrica Hallman, por haber aconsejado el «destierro voluntario». El 18 de marzo los grupos de la zob atacaron a dos ss letones y un soldado alemán que estaban robando en el gueto, los mataron y recuperaron las armas. En represalia, los alemanes hicieron una redada capturando y ejecutando a ciento cincuenta civiles judíos.

Arie Wilner, el joven poeta, era el responsable del trabajo de la zob en el lado alemán de Varsovia y los enlaces con la resistencia polaca, particularmente con Henryk Wolinski (Wacklaw), que proporcionó algunas armas y pastillas de cianuro que los miembros de la zob utilizarían en caso de ser capturados. Usaba un depósito en el convento de las Carmelitas en la calle Walska. En marzo del 43 Israel Chaim Wilner fue detenido por la Gestapo a causa de sus papeles falsos con armas y municiones. Los alemanes no lo identificaron como un militante judío, pensaron que era un miembro de la resistencia polaca y no lo ejecutaron de inmediato. Fue torturado con latigazos, toques eléctricos, le despellejaron las manos, le aplastaron los dedos de los pies, y no rompió su cobertura. Pudo escaparse y se unió a una columna de prisioneros que iba hacia el campo de trabajo de Grochowo, pensando que ahí no lo detectaría la Gestapo. Localizado y rescatado por un compañero que lo sacó nadando a través del pantano que rodeaba el campo, Arie, muy debilitado, decidió regresar al gueto. Y uno se pregunta: ¿de dónde ese muchachito judío de veintiséis años sacaba esa fuerza de voluntad? Durante los próximos días, incapacitado para moverse, tuvo que actuar como organizador desde un búnker.

Para cubrir su hueco, en abril del 43, a Isaac Zuckerman y Michael Klepfisz se les ordenó cruzar a la zona aria de Varsovia. Zuckerman logró introducirse, pero durante los primeros seis días tuvo que sobrevivir sin enlaces, sin comida ni documentos. La ZOB y la ZZW nunca se coordinarían. Incluso entre enero y abril hubo un choque entre ambas organizaciones en una operación de expropiación donde casi se lían a tiros. Ninguna de las dos organizaciones hizo preparativos para una posible fuga de los combatientes. «No había esperanza de rescate». Un testigo lo puso de la siguiente manera: «Nos veíamos como una clandestinidad judía cuyo destino era trágico».

XXXVI

El primer día, lunes 19 de abril

Varsovia, 19 de abril de 1943

El eterno problema del narrador se encuentra en los adjetivos, se agotan muy rápidamente: palabras como *asombroso*, *inconcebible*, *sorprendente* ya no dicen nada. Cuando la condición humana es llevada al límite, los adjetivos no resisten su oficio de capturar las imágenes.

Arie Wilner, antes de ser apresado, le dijo a Wolinski: «No queremos salvar nuestras vidas. Ninguno de nosotros saldrá vivo de esto. Queremos salvar el honor de la humanidad». Con veintiséis años era uno de los veteranos de la ZOB. Heinrich Himmler había ordenado el desalojo y la muerte de los setenta mil habitantes que permanecían en el gueto, haciéndolos coincidir con el cumpleaños de Hitler, el 20 de abril.

El 18 de abril llamadas telefónicas desde el lado polaco advirtieron a la resistencia que se estaban concentrando fuerzas en los exteriores del gueto. Marek Edelman cuenta:

En la noche nos encontramos con Anilevich los cinco miembros de la dirección de la ZOB; yo probablemente era el más viejo de todos, tenía veintidós años [la memoria lo traiciona, tenía veinticuatro]; Anilevich era un año menor. Juntos reuníamos ciento diez años. No había mucho que decir en ese momento […] Anilevich se hará cargo del gueto central, Eliezer Geller y yo nos dividimos la fábrica de Többens y la fábrica de cepillos. «Nos vemos mañana». No dijimos adiós, la única cosa que nunca habíamos hecho con anterioridad.

Al caer la tarde abandonaron la casa en el número 32 de la calle Zamenol. Alguien recordará que Mordejái vestía una chaqueta gris y calcetines de golfista. Las calles estaban vacías de gente, repletas de desechos y basura, restos de anteriores saqueos y destrucciones.

La ZOB puede reunir veintidós grupos de combate: cinco del Dror, cuatro del Hashomer, cuatro del Bund, cuatro de los comunistas polacos, uno del Akiva, otro de los muchachos del Gordonia y tres más de otras organizaciones de la izquierda sionista. Unos ochocientos hombres y mujeres de trece a veinticinco años, en grupos de diez a doce. Algunas escuadras estaban dirigidas por veteranos de estos dos últimos años como el comunista Michal Rozenfeld, Rotblat (miembro del Bnei Akiva, el que conversa la noche del 18, en una azotea con Hela, su mujer, y le dice: «Ahora puedo ver las estrellas»), Marek Edelman, Zivia Lubetkin y el Hashomer Israel Kanal.

La zzw, dirigida por Pawel Frankel, podía movilizar doscientos sesenta combatientes; algunos de los grupos estaban dirigidos por Chaim Lopata y Pinchas Taube desde su cuartel general en la plaza Muranowski. En varios de los refugios las escuadras de combate trasnocharon en reuniones donde se cantaba. Poco antes del amanecer del 19, Zuckerman, desde el exterior del gueto, toma la decisión de preparar un grupo de acción y escurrirse al interior para participar en el combate. Envía a Frania Beatus, una combatiente de diecisiete años, a enlazar con uno de los pocos policías que permanecen dentro y que trabaja con la resistencia para informar a Anilevich. Hacia las siete, Frania regresa llorando y dice que todo está perdido, que el gueto está rodeado y no pudo pasar. Dice que se suicidará antes de ser capturada.

«Hace frío en abril, especialmente», dirá Marek Edelman, «para los que no han comido mucho». Él se pone su mejor ropa: un suéter de angora que descubre en una casa donde los alemanes desalojaron y mataron a un judío rico, lleva una linterna y dos pistolas. «¿Te das cuenta? En esos días si tenías dos pistolas tenías todo».

Los grupos de combate desarman en la noche del 18 a varios policías judíos, de los pocos que aún quedan en el gueto, cuchillos, porras, no hay armas de fuego en la operación. La espera. Una espera repleta de ansiedad. Con la intención de liquidar en tres días la resistencia, dirigidos por Von Sammern, dos mil cincuenta y cuatro combatientes nazis participan en la operación: ochocientos treinta miembros de las ss, doscientos veinte gendarmes, una brigada de zapadores y artilleros del ejército, cuatrocientos policías polacos y ciento cincuenta (en otras versiones trescientos treinta y cinco con dos oficiales) miembros de las llamadas Trawniki, brigadas de las ss de voluntarios lituanos, letones y ucranianos. Entre ellos se encuentra el más tarde mítico oficial alemán Otto Skorzeny.

A las seis de la mañana y en dos columnas, apoyados por carros blindados, tres cañones y dos tanques, los nazis ingresan en la zona cercada en dos columnas, una por la calle Nalewki hacia la plaza Muranowski y otra avanzando en paralelo por la calle Zamenhof. Los residentes huyen a los búnkeres y los refugios; los grupos de combate toman posiciones. Chaim Frimmer, que estaba en la primera zona de contacto a cargo de un grupo que tiene varias granadas y una pistola máuser con cuarenta cartuchos, cuenta: «Entró una columna de infantería, una sección giró en la calle Wolynska y llegó hasta la esquina de Nalewki y Gesia, y otra permaneció inmóvil, como si estuviera esperando órdenes. Después de un rato la policía judía cruzó la puerta. Se alinearon a ambos lados de la calle y comenzaron a avanzar hacia nosotros. Reporté todo a un combatiente que estaba tumbado no muy lejos de mí, que le pasó la voz al centro de mando donde estaban Mordejái Anilevich, Israel Kanal y otros. Tras la policía judía cruzó una columna blindada alemana. Recibí la orden de esperar hasta que llegara bajo los balcones y entonces tirar una granada a cuya explosión iniciaría la acción». Inmediatamente, tras la explosión comenzaron a llover granadas desde los dos lados de la calle. Una ametralladora Schmeisser en manos de los grupos de combate comenzó a disparar ráfagas. Chaim dispara su Máuser sobre los desconcertados alemanes. Se combatió durante media hora. Los alemanes se repliegan dejando muertos y heridos en las calles. Poco después insiten con dos tanques al frente de una columna de infantería que avanza hacia el cruce de Zamenhof y Mila, muy cerca de donde se encuentra el cuartel general de la ZOB (en Mila 18, un gigantesco edificio de departamentos que había pertenecido al contrabandista Szmul Oszer). De ahí cayeron sobre ellos bombas molotov y bombas caseras, gruesos caños de plomo con explosivos. El primer tanque humeando se repliega, el segundo arde en la calle. La infantería no se atreve a progresar. Los grupos de choque tienen una sola baja; los alemanes, al menos doce muertos y decenas de heridos. La brigada de la ZOB recupera las calles y roba armas, cascos, municiones y uniformes de los alemanes muertos.

Anilevich escribe dos días más tarde a los compañeros en el exterior del gueto: «Una cosa es clara, lo que ha sucedido excede nuestros más densos sueños. Los alemanes han huido dos veces del gueto. Nuestras escuadras resistieron en un enfrentamiento cuarenta minutos y en el otro por más de seis horas».

En la zona del gueto de la fábrica de escobas entre las calles Franciszkanska o de los Franciscanos, Swietojerska y Bonifraterska, los grupos de choque dirigidos por Edelman minan los accesos. Marek cuenta:

Alrededor de mediodía cruzamos el patio donde había algunos alemanes. Realmente podíamos haberlos matado, pero todavía no éramos duchos en matar y además teníamos algo de miedo, de manera que no disparamos. Después de tres horas los disparos a lo lejos habían cesado. Llegó el silencio.

En esa zona no hay combates ese día en el interior del gueto, pero en el exterior, durante la tarde, guerrilleros de los comandos polacos de Varsovia dirigidos por el capitán Chwacki trataron de abrir un agujero en el muro del gueto desde el lado polaco en la calle Bonifraterska. Comenzaron a disparar a los alemanes que custodiaban el muro. Llegaron refuerzos. Tras un breve combate, dejando dos muertos y llevándose tres heridos, los polacos se retiraron. Era el primer gesto de solidaridad de la resistencia polaca. Un testimonio aislado registra que la primera columna alemana en entrar al gueto venía cantando. ¿Será cierto? ¿Traían un equipo con altavoces? Si llegaron cantando, sin duda, no lo hacen al retirarse. El coronel Von Sammern-Frankenegg, sorprendido por la resistencia y habiendo sufrido doscientas bajas, ordenó el repliegue de las fuerzas alemanas; al borde de la histeria pidió ayuda por la debacle del primer ataque, incluso solicitó al alto mando que le enviaran aviones de combate. Fue destituido de inmediato y llevado a una corte marcial el 24 de abril de 1943, acusado de ineptitud por Heinrich Himmler, que decía que tenía «el corazón blando». Sería enviado a Croacia donde, en septiembre de 1944, fue muerto cerca de Klasnic en una emboscada de la guerrilla yugoslava.

Un breve mensaje fue emitido desde una radio clandestina de los partisanos: «¡Hola! ¡Hola! Los sobrevivientes del gueto de Varsovia han empezado la resistencia armada contra los asesinos del pueblo judío. El gueto está en llamas». Los barrios en el exterior del gueto se llenan de mirones, observar se vuelve un acto de complicidad con los resistentes; en los siguientes días los alemanes los dispersarán a tiros. Ser testigo era ser culpable. Se produce un asesinato en masa en la prisión de Pawiak durante los primeros momentos de la insurrección.

XXXVII

Stroop

Jürgen Stroop

En horas el mando de las fuerzas nazis en Varsovia re-
cayó en la figura de Jürgen Stroop, ss Brigadefuhrer
y General Major de la policía. Su nombre real era
Joseph, se lo había cambiado a Jürgen para evadir las
connotaciones hebreas que no eran bien vistas en
las ss. Era un hombre de cultura escasa, no terminó

sus estudios secundarios. Funcionario menor, nacido el 25 de septiembre de 1885, hijo de un jefe de policía, miembro del partido nacionalsocialista desde 1932 y fundador de las ss. Se había reportado días antes en Varsovia por órdenes de Himmler. Supuestamente tenía experiencia en la lucha antiguerrillera. Elegante en su uniforme de general de las ss, con botas de montar, tocado con la gorra de las tropas de montaña y con unas antiparras al cuello para complementar la figura, tenía la costumbre de alisarse el pelo de las sienes con saliva y de cantar marchas patrióticas.

XXXVIII

Tres días: 20 a 22 de abril.
20 de abril, cumpleaños de Hitler

Stroop en combate

Isaac Zuckerman diría:

No creo que haya una necesidad de analizar el alzamiento en términos militares. Esta es una guerra de menos de
un millar de personas contra un poderoso ejército y nadie dudaba de cómo iba a terminar. Este no es un tema
para estudiar en una escuela militar. No las armas, no
las operaciones, no las tácticas. Si hay una escuela para

estudiar el espíritu humano, ahí tendría que ser un tema obligatorio. Las cosas realmente importantes eran inherentes a la fuerza mostrada por la juventud judía, tras años de degradación, de levantarse contra sus destructores y determinar qué tipo de muerte elegirían: Treblinka o el alzamiento. No sé si hay alguna forma de medir eso.

Stroop calculó que tendría que liberar una zona de arranque de operaciones en el interior del gueto. Estaba preocupado por la posible reacción solidaria de la resistencia polaca y por eso no usó al ejército en sus primeras operaciones, sino que continuó utilizando a los batallones de las ss y la Gestapo. Estableció un puesto en la entrada del gueto frente al Consejo Judío en la puerta Gensia, y ordenó la entrada de dos columnas.

Dan Kurzman recoge la historia de cómo en esos instantes desde las ventanas de la calle Nalewki se escuchaba a Schubert interpretado por uno de los jóvenes combatientes en un acordeón o un organillo.

Los enfrentamientos principales se producen en las cercanías de la fábrica de cepillos y en la plaza Muranowski, donde combate la zzw. En el primer punto, se ha preparado una mina subterránea cerca del portón y llena de explosivos. Edelman cuenta:

Cuando los alemanes se aproximaron, activamos la mina y fue eliminado un centenar de ellos. No recuerdo exactamente. Cuando pudieron reponerse de la explosión, cargaron hacia nosotros en una línea extendida. Lo adoramos, cuarenta de nosotros, cien de ellos, una columna completa, con todo el armamento, arrastrándose. Era obvio que nos estaban tomando en serio.

No pasaron. Anilevich reportará: «Nuestra bajas son mínimas. Eso es también un éxito. Yechiel cayó como un héroe, en la ametralladora. Siento que grandes cosas están sucediendo y que lo que nos estamos atreviendo a hacer es grande, de una enorme importancia».

Pero la gran batalla se va a librar en la plaza Muranowski, donde las escuadras de la zzw, dirigidas por Pawel Frankel y Roman Winsztok, frenan el avance de una gran columna alemana. El general Stroop en su retórica, e incapaz de creer en lo que está viendo, no se cansa de decir: «Los judíos son cobardes por naturaleza» e insiste en registrar en sus informes que los combatientes judíos estaban apoyados por un significativo grupo de «bandidos polacos».

Inmediatamente después de iniciarse el enfrentamiento, una manta en la que podía leerse «Nunca nos rendiremos» cruzaba uno de los techos. Las escuadras de la zzw, apoyándose en su cuartel que se encontraba en esa misma zona (calle Muranowska 7/9), disparaban desde todos los edificios cercanos; contaban con dos ametralladoras, subametralladoras y rifles, además de explosivos y bombas molotov, y contuvieron a los alemanes a lo largo de todo el día 20. Una carga explosiva hizo volar un camión alemán causando sesenta bajas. Los alemanes van lanzando granadas por las ventanas de los edificios para aislar a los combatientes e intervienen carros de combate con ametralladoras antiaéreas.

Repentinamente, sobre uno de los tejados ondean una bandera polaca y la bandera de la estrella de David. Los alemanes se sienten insultados. El propio Himmler le grita al teléfono a Stroop: «A como dé lugar debes bajar esas dos banderas».

Si los nazis sufren un centenar de bajas, las de los combatientes de la zzw son altas. Los capturados en algunos edificios son fusilados en la misma puerta.

Al caer el día, en la zona de la fábrica de cepillos donde actúan las escuadras de la zob y donde la voladura de la mina les ha causado grandes bajas, los alemanes envían emisarios. Edelman cuenta:

Enviaron tres hombres, con las armas apuntando hacia el suelo que llevaban fajas blancas. Nos invitaron a un cese al fuego y que si lo hacíamos nos enviarían a un campo especial. Les disparamos. Fallamos, pero no importa. Teníamos que mostrarlo no a los alemanes, al mundo. La gente siempre ha pensado que disparar es la forma más alta de heroísmo. De manera que disparábamos. Bueno, hay algo evidente, es mucho más fácil morir disparando.

Poco después las tropas de Stroop lograron cercar a un grupo de insurgentes. Michael Klepfisz distrajo a los alemanes para que sus compañeros pudieran escapar. Murió por el fuego de una ametralladora. Los alemanes cortaron la electricidad, el agua y el gas en esa área del gueto.

Ese mismo día un grupo de guerrilleros polacos, guiado por Franciszek Bartoszek, trata de apoyar a los combatientes del gueto con un ataque sorpresa a artilleros alemanes en las calles externas, Nowiniarska y Franciszkanska; no es la única operación, también los partisanos comunistas guiados por Jerzy Lerner tratan de abril un hueco en el muro en la esquina de Okopowa y Gesia. Ambas operaciones fracasan.

Edelman cuenta que esa noche se entrevistó con Anilevich. «Era un hombre diferente», quiera decir esto lo que quiera decir, «él debe haber pensado que nos enviaban algunos refuerzos».

El día 21 prosiguen los combates. Los alemanes logran sacar de refugios y casas a unos cinco mil doscientos veinte judíos y enviarlos a los trenes con destino a Treblinka. Se combate desde los techos, en la fábrica de cepillos, en la calle Mila y en la plaza Muranowski, donde hasta esa noche colaborará una escuadra de combatientes polacos, que logra escapar al caer el día. Ya no se utilizan los tanques ni las grandes columnas; los alemanes avanzan casa a casa destruyendo e incendiando. Las calles exteriores se llenan de mirones que aplauden a los combatientes cuando el fuego de una ametralladora les acierta a tres alemanes. Los alemanes apuntan a la gente y la multitud se dispersa. En algunas iglesias los católicos polacos se reúnen para rezar por los judíos. La insurrección ha producido un milagro. Un humo negro que puede contemplarse desde cualquier punto de Varsovia se levanta sobre el gueto.

Stroop expresará su admiración por las mujeres judías que combaten con una pistola en cada mano, pero añade cómo dio órdenes de acribillarlas cuando se rendían. Nunca sabrá cuántas balas tenían en cada pistola.

El día 22 aviones Stuka bombardean el interior del gueto, no tienen objetivos fijos. Al atardecer, nuevamente comandos polacos atacan el muro, matando a policías de la ss en la calle Lezno. Otro atentado de la resistencia polaca mata a un grupo de oficiales alemanes que cruzaban en un automóvil en la calle Gesia.

Tras los tres primeros días del alzamiento los grupos de combate se fueron replegando a búnkeres, áticos, escondrijos. En muchos de ellos los recibieron aterrados judíos que los querían sacar de ahí, o huían a las calles directo hacia la masacre. Los muchachos no podían entender esta voluntad pasiva hacia la muerte.

XXXIX

La carta del 23

Sobreviviente saliendo de un búnker

Un mensaje de los combatientes de la zob apareció pegado en un cartel en las calles de la Varsovia polaca. Enlistaba los campos de exterminio, llamaba a la unidad con la resistencia y culminaba con «Nos vengaremos».

Tras dos días de enfrentamientos sin que los alemanes puedan romper la resistencia en esa zona, los combatientes de la zzw abandonan Muranów, habiendo sufrido fuertes bajas. Los rumores dicen que Pawel

Frankel ha caído junto a sus compañeros, pero desde el cuartel en el número 7 de la calle y a través de la red cloacal, Frankel y diez camaradas apoyados por el Ejército del Interior Polaco logran pasar a una casa de seguridad fuera del gueto.

Tras los primeros días de combate callejero, la táctica de las fuerzas de Stroop es bombardear o prender fuego sistemáticamente a todo lo que le rodea. El gueto es una gigantesca antorcha ardiendo, cubierta por una densa cortina de humo y fetidez. Los alemanes están usando lanzallamas. Algunos depósitos de comida se pierden por el calor. Algunos de los refugiados de los búnkeres y bajo las casas que arden están bebiendo agua de las cloacas. Sin embargo, ese día los alemanes no entran al gueto.

Mordejái le escribe a Zuckerman: «A partir del día de hoy pasamos a prácticas guerrilleras. Tres grupos de combate se movilizarán en la noche con dos objetivos, reconocimiento y búsqueda de armas». Recuerda:

Las armas cortas no nos son útiles: necesitamos granadas, rifles, ametralladoras y explosivos. Es imposible describir las condiciones en las que los judíos del gueto están sobreviviendo. Solo unos pocos podrán resistir. El resto morirá tarde o temprano. Su destino está decidido. En todos los refugios en los que se ocultan varios miles no es posible encender una vela por la falta de oxígeno. Con la ayuda de nuestro transmisor pudimos oír el maravilloso reporte de la estación de radio Shavit o Schweitz. El que se nos recuerde más allá de las paredes del gueto anima nuestra lucha. ¡La paz sea contigo, amigo! Quizá podremos volver a vernos. El sueño de mi vida se ha alzado hasta ser un hecho. La autodefensa del gueto es una realidad.

Añade:

Casi todos los talleres en el gueto y el exterior han sido cerrados excepto por Werterfassung, Transavia y Dering. Las comunicaciones con las fábricas están cortadas. El taller de los cepillos lleva en llamas tres días. Hay muchos incendios. Ayer el hospital estaba ardiendo. Bloques enteros de edificios están en llamas.

Aislado en el lado ario, Zuckerman intenta desesperadamente obtener armas apelando al Ejército Nacional y a los comunistas de la Gwardia Ludowa. Los primeros lo ignoraron, los comunistas le entregaron algunos rifles. No encuentra manera de hacerlos llegar al interior. Quizá sobreviene dentro del gueto al menos un centenar de combatientes, pero sin bombas ni granadas; los grupos de combate solo tienen pistolas y muchas de ellas sin municiones. Zivia Lubetkin le reclama desde el interior: «No has hecho nada hasta ahora. Nada». El reclamo es terrible, sobre todo para un grupo que había intentado por todos los medios posibles e imposibles enviar armas y romper el bloqueo.

[...] acomoda [...]
[...] socor [...]

XL

La guerra de los búnkeres

Grupo de judíos capturados durante el levantamiento

El 24 de abril los alemanes envían veinticuatro grupos de combate al interior del gueto. Un día más tarde
Stroop reportó que veintisiete mil cuatrocientos sesenta y cuatro judíos habían sido capturados y enviados
a la muerte inmediata en Treblinka. Un día más tarde
informó de la captura de otros mil trescientos treinta
judíos que habían sido sacados de sus refugios y ahí
mismo ejecutados; seiscientos sesenta y dos habían
muerto en combate; treinta capturados y enviados a

campos de concentración. No hay pudor en los informes del general alemán: Stroop evocó la vez en que, en el gueto rodeado como siempre por sus corpulentos escoltas, disparó al pecho a un joven combatiente judío prisionero; este, agonizando, le escupió y los ss lo cosieron a tiros a los pies de su general. Los alemanes dominan los días, pero no se atreven a progresar en las noches.

El 26 logró llegar al exterior el último comunicado de la ZOB. «Mientras haya armas continuaremos luchando». Por todos lados se escuchaban las explosiones. En la noche las nubes que flotaban sobre el gueto enrojecían. Continuó actuando la aviación, lanzando bombas incendiarias. Los ciudadanos de Varsovia vieron pasar una columna de tanques hacia el gueto por el viaducto. El 28 se intensificó el bombardeo artillero. Los alemanes combatieron contra fantasmas, apuntaron a los edificios, hubieran o no encontrado resistencia en ellos.

Uno a uno fueron cayendo los refugios. Los alemanes usaron gas lacrimógeno, gas venenoso y bombas de humo, obligando a los resistentes a dejar los búnkeres. Los alemanes fuerzan a desnudarse a los que abandonan los escondites. Columnas de mujeres desnudas recorren las ruinas.

A partir del 26 un grupo de combatientes intenta cavar un túnel desde la calle Lezno en la zona aria hacia la calle Ogrodowa del lado polaco, donde la Organización Judía de Combate tiene un refugio listo; el trabajo es infructuoso, los incendios de los edificios los van cercando. El 29 logran pasar; el refugio de Ogrodowa 37 está saturado. Conectan con Zuckerman, que busca apoyo en la resistencia polaca; son unos cuarenta los fugados, han dejado atrás a los heridos y enterrado a un bebé de meses cuyos padres ahogaron sin querer al tratar de silenciarlo. Atrás de ellos el gueto es «un inmenso océano en llamas».

Stroop reportará que se abrieron ciento ochenta y tres accesos a la red cloacal, para tratar de encontrar los búnkeres y los refugios, en algunos lugares bajo las ruinas de piedra y ladrillo. Se cuenta la mítica historia de un miembro de las ss que, habiendo sido originalmente perfumista rastreaba en los sótanos «la peste judía». Al utilizar lanzallamas muchas personas mueren quemadas. Stroop comenta hablando de los niños: «¡No se puede imaginar cómo gritaban mientras se freían y ahumaban!».

Entre el 26 y el 27 de abril las escuadras de la zzw, que han recibido apoyo en armas y municiones a través de un túnel de parte de la resistencia polaca, vuelven a controlar los techos de la plaza Muranowski y enfrentan a las columnas alemanas. Según un testimonio, los dirige Apfelbaum, que se encuentra herido. Logran destruir un tanque con bombas molotov y frenan el progreso de los nazis hacia el interior del gueto. Según esa misma fuente, David Moryc Apfelbaum moriría desangrado.

En los escondites se guarda silencio, espacios donde sobreviven grandes grupos amontonados, casi sin comida. En algunos, por razones de supervivencia, las madres con hijos que lloran son expulsadas. Cada vez son menos los judíos en el gueto de Varsovia.

XLI

Última resistencia

Interior de un búnker

El 29 de abril los alemanes sitúan dos baterías de artillería en la plaza Krasinski y en la estación del tren que va a Gdansk, y durante veinticuatro horas bombardean el gueto. La ciudad entera se estremece por las explosiones.

El 1° de mayo en los refugios donde se concentraban los grupos de combate de la ZOB se hicieron discursos y se cantó «La internacional». Uno de los resistentes escribe más tarde: «Nunca "La internacional" habría de ser cantada en condiciones tan diferentes, tan trágicas, en el lugar donde una nación entera estaba pereciendo. La juventud socialista aún estaba combatiendo en el gueto y frente a la muerte no abandonaba sus ideales».

Zuckerman dice:

Estoy convencido de que podríamos haber sacado muchos más combatientes del gueto, pero teníamos miedo de que se interpretara que los que se quedaban era para cubrir la retirada. Nuestro miedo era que creciera la noción de que un hombre podría salvar su vida sin combatir. Es por eso que no se prepararon casas de seguridad en el lado alemán o coches o gente que pudiera servirnos de guía por las cloacas. Nuestra hora había llegado sin signos de esperanza.

Mientras tanto, seiscientos treinta y un escondites fueron forzados; los alemanes mataban todo lo que encontraban, no solo a los resistentes.

Entre el 1° y el 3 de mayo el grupo dirigido por H. Brlinski combate a los ss desde el número 30 de la calle de los Franciscanos. Se repliegan al número 22, pero no hay manera de resistir a descubierto. «Tuvimos que cavar como topos. Un montón de individuos de lo más diverso se escondían allí: contrabandistas, cocheros, truhanes, burgueses». Unos cincuenta miembros de la zob se enlistan en dos habitaciones próximas a la entrada. Hambre y suciedad, falta de agua. En la noche sus patrullas salen a las calles. Allí resisten hasta que tropiezan con uno de los sobrevivientes de la calle Mila.

XLII

Mila 18.
7 y 8 de mayo

Marek Edelman señala hacia el lugar donde estaba Mila 18

En la noche del 7, un grupo de combatientes de la ZOB, partiendo del cuartel de Mila 29, ya descubierto por los alemanes, se muda a un nuevo búnker en Mila 18. Tratando de buscar un refugio alternativo y un nuevo acceso a las cloacas, chocan dos veces con los nazis y se ven obligados a replegarse; de los ciento veinte iniciales solo tres sobrevien. El búnker de Mila 18 no había sido construido por la ZOB; era obra de los contrabandistas Moshe Kulas y Srul Iser, como un depósito para el paso de mercancías para la Varsovia aria.

El gueto continúa bajo bombardeo artillero y de la aviación; aun así, los alemanes no se atreven a entrar durante las noches. Los resistentes siguen intentando enviar correos para tratar de enlazar con el exterior. El 7 de mayo de 1943 el refugio del comando de la ZOB en Mila 18 fue descubierto por los alemanes. Jürgen Stroop envió un mensaje al general Friedrich-Wilhelm Kruger, jefe de las SS en Europa oriental: «La ubicación del búnker usada por la así llamada dirección del Partido Iinterior es conocida. Se forzará su acceso mañana».

En el interior del búnker, que se extendía muchos metros a través de diferentes cuartos, sótanos, subterráneos y túneles que daban a la red cloacal y que tenía seis salidas, se encontraban, junto con Mordejái Anilevich y Mira Fuchrer, un centenar de combatientes y casi otro centenar de refugiados.

Al día siguiente unidades de las SS de ucranianos y lituanos iniciaron el ataque bloqueando cinco de las seis salidas. Luego utilizaron bombas de humo y explosivos; tras dos horas de fuego, introdujeron latas de gases venenosos.

Según el testimonio de Tosia Altman, fueron Arie Wilner y Lolek Rotblat los que, cuando los gases comenzaban a asfixiar a los encerrados, llamaron al suicidio colectivo. Aunque algunas versiones hablan de que tomaron pastillas de cianuro, Tosia registra que Mordejái Anilevich y Mira Fuchrer se pegaron un tiro.

Arie y Rotblat se suicidaron junto con sus madres. Al menos ochenta combatientes lo hicieron ese día 8 de mayo. Zivia Lubetkin, que sobrevivió junto con un grupo que buscaba acceso a la red cloacal, regresó al sótano de Mila 18 y contó: «De este modo sucumbieron un centenar de insurrectos y, entre ellos, Mordejái Anilevich, el mejor, el más inteligente y noble, el que en los peores momentos conservaba su sonrisa y la sangre fría».

Ese mismo día muere el poeta Wladyslaw Szlengel.

XLIII

La fuga

Saliendo de los búnkeres

Un grupo que se encontraba alejado del sótano principal descubrió que la sexta salida no estaba cubierta por los nazis y, en condiciones infrahumanas, avanzó por el sistema cloacal, resbalando en un lodo pestilente, cayendo, arrastrándose bajo líneas de alambre de púas, evadiendo trampas con granadas atadas a cables y minas, bebiendo agua podrida; durante treinta horas vagó por la red cloacal. Descubrió el túnel de la ZZW.

Milagrosamente Symcha Rotem logró contactar con ellos y accedió desde el exterior gracias a la ayuda de trabajadores polacos. A las diez de la mañana del 10 de mayo, dos días más tarde, ante la mirada sorprendida de los paseantes, salieron a la superficie en el número 10 de la calle Prosta, del lado polaco; varios estaban armados. Un camión estaba esperándolos y se llevó a una parte; el resto esperó un segundo transporte, pero antes de que esto sucediera la reacción de los alemanes los sorprendió y murieron combatiendo. Los sobrevivientes, unos cuarenta, pudieron llegar a los bosques y sumarse a las guerrillas.

XLIV

«El barrio judío de Varsovia ya no existe»

Destrucción del barrio judío de Varsovia

Varios pequeños grupos totalmente aislados continua-ron combatiendo. Hay registros de que al menos cinco de estos pequeños núcleos lo hicieron. Stroop informó que había capturado «sesenta bandidos fuertemente armados».

Finalmente, toda la resistencia había cesado. La lucha había durado cuatro semanas. A las 20:15 horas del 16 de mayo de 1943 el general Jürgen Stroop anunció que la Gross Aktion había terminado: «El barrio judío de Varsovia ya no existe». Ese día dirigió la voladura de la Gran Sinagoga de Varsovia al grito de «¡Heil Hitler!». En las ruinas se construyó un campo de concentración temporal.

Stroop escribió un memorial ilustrado de setenta y cinco páginas sobre la destrucción final del gueto; lo encuadernó en una carpeta de piel y se lo envió a Hitler. El elegante portafolio incluía un parte de guerra día por día e, incluso, hora por hora, de los veintiocho días que duraron los combates. Por esos méritos se le otorgó una cruz de hierro de primera clase, el símbolo alemán de máxima valentía por acciones de guerra, el 18 de junio de 1943. ¡Qué barato era el hierro en el fascismo! En el informe final decía que las fuerzas de las ss nada más habían sufrido diecinueve muertos y cien heridos, tramposamente debería referirse solo a los alemanes sin incluir los grupos de apoyo lituanos, ucranianos y la policía polaca.

Los números parecen negar la dimensión de los acontecimientos; esconden, no revelan. Pueden aparentar la oferta de la magnitud de la tragedia que significó la liquidación del gueto de Varsovia, pero la oscurecen en un mar ausente de rostros.

En el reporte final Jürgen Stroop reclama que la operación de exterminio incluyó a cincuenta y seis mil sesenta y cinco judíos (tan meticulosas las estadísticas alemanas, los números de la muerte). Tanta, tanta muerte con el riesgo de volverse números y no vidas destruidas, desparecidas en medio del odio, el miedo.

De ellos sabemos que siete mil murieron durante la insurrección, fusilados, quemados, gaseados, bombardeados; seis mil novecientos veintinueve fueron capturados y llevados a la muerte a Treblinka, quince mil a

Majdanek, cinco mil fueron asesinados de inmediato o enviados a las cámaras de gas en otros campos como Poniatowa y Trawniki, donde se vieron obligados, en régimen de trabajo esclavo, a clasificar los bienes producto de la destrucción del gueto y luego fueron asesinados en noviembre.

Vasili Grossman, en su terrible descripción de Treblinka, cuando llegó al campo tras la liberación en su condición de reportero de guerra, registra:

> Los hombres de las ss se mostraron particularmente crueles con los prisioneros llegados del gueto de Varsovia, donde se había producido el célebre levantamiento. Las mujeres y los niños llegados en esos transportes eran separados del grupo como era habitual, pero en lugar de conducirlos directamente a las cámaras los llevaban antes a observar los hornos. Las enronquecidas madres eran forzadas a pasear a sus hijos frente a las parrillas en las que ardían miles de humeantes cadáveres. El fuego hacía que los cuerpos se retorcieran entre las llamas como si cobraran vida de repente.

El acto final se produjo cuando los alemanes, el 30 de mayo, sacaron de la prisión de Pawiak a unos trescientos presos y los fusilaron de espaldas con ametralladoras en una de las paredes de lo que fue el gueto.

XLV

Destinos

Tumba de Mordejái Anilevich en Varsovia

El cuerpo de Mordejái Anilevich nunca fue encontrado; se cree que fue llevado con los cadáveres de otros cientos de judíos anónimos hasta los crematorios de Treblinka, donde fue incinerado.

Frania Beatus, la adolescente que servía como enlace con el exterior, se suicidó el 12 de mayo. Tosia Altman, el mejor correo de la resistencia, con serias heridas en la cabeza y una pierna, logró salir del gueto. Más tarde fue capturada por los alemanes cuando se quemó en un incendio en la fábrica donde se ocultaba. Murió sin haber recibido cuidados médicos. Chaim Frimmer fue uno de los pocos que lograron escapar del refugio de Mila 18, porque se encontraba en una misión fuera del sótano. Tras la liquidación del gueto formó parte de un grupo que logró salir a través de las cloacas al lado ario. Logró llegar al bosque de Lomianki, donde se unió a una guerrilla judía. Boruch Spiegel y otros sesenta compañeros, incluida Chaike Belchatowska (con quien luego se casaría), lograron escapar por las cloacas. Se incorporaron a las guerrillas de los bosques y terminaron uniéndose al Ejército Rojo en su avance sobre Varsovia. Israel Kanal abandonó el gueto el 10 de mayo a través de la red cloacal, se unió a la guerrilla en el bosque de Wyszkow. Detenido, fue enviado a Auschwitz, donde lo asesinaron.

Emanuel Ringelblum, el archivista y la memoria del gueto, se salvó milagrosamente de la masacre; aunque fue deportado al campo de Trawniki, se evadió y regresó a la Varsovia polaca en abril del 44. La Gestapo lo descubrió y fue fusilado junto a su familia, treinta y cinco personas más y el polaco que les daba cobijo. Los documentos del archivo del gueto que había reunido y ocultado serían rescatados en noviembre del 46.

Pawel Frankel, el dirigente de la zzw, tras haber escapado del gueto junto con un grupo de los defensores de la plaza Muranowski, se escondió en Varsovia hasta el 19 de junio de 1943, cuando se enfrentó junto con sus compañeros contra tropas alemanas y policías polacos en la calle Grzybowska; perdieron todos ellos la vida.

Marek Edelman, luego de fugarse el 11 de mayo con los restos de su grupo por las alcantarillas, tomó parte en el levantamiento de Varsovia en el 44. Tras la victoria aliada, confesó: «Dormí. Dormí por días y semanas». Interrogado por Anna Krall, dijo que, cuando el primer soldado aliado habló con él tras la liberación, le preguntó: «Usted es judío. ¿Cómo es que está vivo?». La pregunta estaba llena de sospechas: quizá entregó a alguien. ¿Quizá se llevó el pan de alguno? Marek respondió:

Hay un muro cruzando la calle Nowolipki. Al pasarlo se encuentra la zona aria. De repente un ss se inclinó atrás del muro y empezó a dispararme. Unas quince veces, menos de un metro a mi derecha, pero el alemán aparentemente tenía astigmatismo, de manera que falló. Es simple: sobreviví porque el soldado alemán no tenía los lentes correctos.

Isaac Zuckerman permaneció en el lado nazi de la ciudad; organizó la fuga de los pocos supervivientes y el enlace con los campos de trabajo, donde algunos estaban encerrados, sometidos a una lenta muerte por hambre, y con las guerrillas en los múltiples bosques de la región. Unido a Zivia Lubetkin, la dirigente de la ZOB, que logró salir de Varsovia el 30 de octubre, se unió a un grupo que participó del levantamiento de Varsovia en 1944 junto a un millar de combatientes judíos, de los que solo sobrevivió la mitad. Zuckerman y Lubetkin se escondieron en la ciudad hasta la entrada del Ejército Rojo. Isaac y Zivia terminaron casándose. En una excelente entrevista Zuckerman dejó esta terrible nota: «Comencé a beber después de la Guerra. Era muy difícil [...] Si hubieras chupado mi corazón te habrías envenenado».

Jürgen Stroop continuó su carrera de asesino y, en la represión a los generales que atentaron contra Hitler, tuvo a su cargo el asesinato del almirante Canaris, que fue colgado de un gancho por las costillas, y la muerte del mariscal Von Kluge, que hizo pasar por suicidio. Detenido al final de la guerra fue juzgado por los estadounidenses en Dachau, acusado de haber organizado el linchamiento de pilotos de guerra de su país capturados por los alemanes. Condenado a muerte, fue extraditado a Polonia, donde fue juzgado de nuevo por el asesinato de judíos durante el levantamiento del gueto de Varsovia. Fue declarado culpable y ahorcado el 6 de marzo de 1952 en el mismo lugar donde antes se encontraba el gueto.

Irmfried Eberl, el director de Treblinka en agosto del 42, fue arrestado tras la guerra en enero del 48 y se suicidó ahorcándose un mes más tarde para impedir ser juzgado.

Többens, el zar industrial del gueto, fue capturado en Austria en 1946. En la ruta a su juicio en Polonia escapó del tren y se asentó bajo un nombre falso en Baviera, donde estableció nuevos negocios con las ganancias de la guerra. Su identidad se descubrió en 1952 y poco después murió en un accidente automovilístico.

Siendo ya inútil Gancwajch, el rey de los provocadores judíos, fue capturado por los alemanes y ejecutado en la prisión de Pawiak junto con otros miembros de Grupo 13 en 1943.

Szmul Zygielbojm, nacido en 1895 en el pueblo polaco de Borowica, a causa de la pobreza tuvo que dejar muy niño la escuela y entrar a trabajar en una fábrica. Cuando se crea el Judenrat del que formará parte y los nazis deciden la creación del gueto de Varsovia, Zygielbojm, que es miembro del Bund socialista, se opone públicamente y el partido decide enviarlo al exterior. Miembro de la Internacional Socialista se exilia en Bélgica y luego en Francia, y comienza una campaña de denuncias sobre la situación de los judíos en Polonia. Formará parte del gobierno polaco en el exilio y continuará la campaña. Confronta fuertemente a sus compañeros de gobierno por el escaso apoyo a la primera insurrección en el gueto. Al conocer que su esposa, Manya, y su hija de 16 años, Tuvia, han sido asesinadas en mayo durante el alzamiento, se suicida el día 11 envenenándose con cianuro.

De los tres mil judíos originales que habitaban el pueblo natal de Mordejái, Wyskow, ninguno sobrevivió. Las lápidas del panteón donde reposaban los judíos difuntos fueron usadas por los nazis para pavimentar algunas calles y para construir el cuartel local de la Gestapo.

Desde 1946 se había erigido el llamado montículo Anilevich, utilizando los escombros de las casas cercanas. Al pie del monumento estaban los nombres de cincuenta y un combatientes judíos. El 21 de junio de 2013 el monumento a Mordejái en Varsovia fue vandalizado. Sobre la piedra de la irregular pequeña pirámide se escribió: «Juden Raus» (judíos fuera). Cuando me detuve frente a él dos años más tarde, el texto había sido cuidadosamente limpiado. Un equipo dirigido por un geofísico de la Universidad de Hartford inició investigaciones para localizar el búnker de Mila 18. En julio de 2019 la investigación no mostraba resultados.

En estos últimos años, el resurgimiento en Europa de partidos de extrema derecha y su presencia racista en nuestra vida cotidiana hace obligatorio contar la historia del levantamiento del gueto de Varsovia una y otra vez, para que nuestros hijos recuerden, para que nadie olvide.

El racismo es una enfermedad social terminal, peligrosa; pareciera que nunca acaba de irse, que deja huellas bajo las inexistentes piedras. Una encuesta mostraba que el cuarenta y cuatro por ciento de los estudiantes de una escuela preparatoria de Varsovia no querría tener un vecino judío, mientras que un sesenta por ciento afirmaban que no quería tener como pareja a un judío.

Sobre las fuentes informativas

Al no hablar ni polaco ni yiddish, las fuentes para este trabajo se limitaron a materiales en español y en inglés (todos ellos los encontré en mi casa, internet o la Biblioteca Pública de Nueva York). No pretende ser, por tanto, más que un trabajo de divulgación que poco aporta a la amplia bibliografía existente.

Hay muy pocas biografías de Mordejái. *Mordecai Anielewicz, el comandante del levantamiento del Ghetto de Varsovia*, Buenos Aires, spi. Kerry P. Callahan: *Mordechai Anielewicz: Hero of the Warsaw Ghetto Uprising*, Ghetto Fighters' House Museum, 2003. Son esenciales los testimonios de Zuckerman y Marek Edelman: Yitzhak (Antek) Zuckerman: *A Surplus of Memory: Chronicle of the Warsaw Ghetto Uprising*, University of California Press, 1993. Uno de los mejores trabajos del nuevo periodismo polaco es la entrevista de Hanna Krall, repleta de talento, técnica y respeto por el personaje. *Shielding the Flame: An Intimate Conversation with Dr. Marek Edelman, the Last Surviving*

Leader of the Warsaw Ghetto Uprising, Henry Holt & Company, Nueva York, 1986. Kazik (Simha Rotem): *Memoirs of a Warsaw ghetto fighter*, Yale University Press, 1994.

Fundamental: Henryk Goldszmi: *Ghetto Diary*, The Holocaust Library, 1978. Vasili Grossman e Ilya Ehenburg: *El libro negro*, Galaxia Gutenberg, Madrid, 2011.

Para la información de la ZZW: el exministro de defensa de Israel es el más importante defensor de la versión revisionista de la historia que le concede mucha *mayor* importancia en el alzamiento a la ZZW que a la ZOB: Moshe Arens: *Flags above the Ghetto: the Story of the Warsaw Ghetto Uprising*, Yediot Aharonot Publications, 2009. Marian Apfelbaum: *Regreso al ghetto de Varsovia*, Universidad Veracruzana, Xalapa, 2007.

Visiones generales: Michael Borwicz: *La insurrección del Ghetto de Varsovia*, Orbis, 1985. Matthew Brzezinski: *Isaac's Army, Head of Zeus*, eBook, 2013. Jon Dale: «The Warsaw Ghetto Uprising», *1943, Socialism Today*, junio 2013. Havi Dreifuss: *The Leadership of the Jewish Combat Organization During the Warsaw Ghetto Uprising: A Reassesment*, Holocaust and Genocide Studies, 25 de abril de 2017. Roland S. Süssmann: *The Other Revolt*, [http://www.shalom-magazine.com/Article.php?id=460312]. Marilyn Harran, Dieter Kuntz, Russell Lemmons, Robert A. Michael, Keith Pickus y Jon K. Roth: *The Holocaust Chronicle*, Legacy Publishing, Lincolnwood, 2009. Martin Gilbert: *Holocaust Journey*. David Gilbertson: *The Nightmare Dance: Guilt, Shame, Heroism and the Holocaust*, eBook, 2014. Michael Grynberg: *Words to Outlive*

Us, Granta Books, Londres, 2003. Yisrael Gutman: *The Jews of Warsaw 1939-1943: Ghetto, Underground, Revolt*, Indiana University Press, 1989. Holocaust Education & Archive Research Team, internet. Julio Szeferblum: *Los soldados olvidados*, internet. Dan Kurzman: *The Bravest Battle*, Putnam's Sons, Nueva York, 1976. Lucy S. Dawidowicz (ed.): *A Holocaust Reader*, Behrman House, West Orange, 1976. Julian Eugenius Kulski: *Dying, We Live*, Holt, Rinehart and Wilson, Nueva York, 1979. David Wdowinski: *And We Are Not Saved*, Nueva York, Philosophical Library, 1985. Yankel Wiernik: *A Year in Treblinka*, General Jewish Workers' Union of Poland, Nueva York, 1945.

Historias parciales: Janusz Korczak: *Ghetto Diary*, Holocaust Library, Nueva York, 1978. Joel Shatzky: *Janusz Korczak's Child-Centered Philosophy*, Jewish Currents, otoño de 2016. Wladyslaw Szlengel: *A Page from the Deportation Diary*, traducido por Michael R. Burch. N. A. Szternfinkel: *The Youth of Sosnowiec in the Resistance Movement* [https://www.jewishgen.org/Yizkor/Zaglembia/zag534.html]. James E. Young: *The Biography of a Memorial Icon: Nathan Rapoport's Warsaw Ghetto Monument*, internet. Bor Komorowski: *Historia de un ejército secreto*, Ediciones Ateneo, México, 1952. Marjorie Wall Bingham:*Women and the Warsaw Ghetto: A Moment to Decide*, internet.

Los papeles del general de las ss Jürgen Stroop, diarios y reportes, se hicieron públicos en los juicios de Núremberg en 1946. Además: Kazimierz Moczarski: *Conversaciones con un verdugo*, Alba Editorial, Barcelona, 2008. *The Warsaw Ghetto: The Stroop Report*, Jewish Virtual Library, internet. Jacinto Antón: «Encerrado con el general Stroop», *El País*, Barcelona, 9 de noviembre de 2008.

The Warsaw Diary of Adam Czerniakow: Prelude to Doom, United States Memorial Holocaust Museum, 1979 (aunque estuvieron sujetos a autocensura, constan de mil nueve páginas de información valiosísima). El archivo Ringelblum, llamado Oneg Shabbat (Joy of Sabbath), consiste en decenas de miles de papeles, documentos, notas, diarios y periódicos clandestinos. Hay una guía en internet. Emanuel Ringelblum: *Crónica del Ghetto de Varsovia*, Alba Editorial, Barcelona, 2003. Samuel D. Kassow: «Who Will Write Our History?», *Los Angeles Times*, 22 de febrero de 2009.

Una novela: *Mila 18*, de León Uris, a la que hay que agradecer que abrió la puerta a una divulgación masiva de lo que había sucedido en el alzamiento de Varsovia, y varias películas: de Richard Z. Chesnoff: *A Film Unfinished: The Warsaw Ghetto As Seen Through Nazi Eyes*, 2010, ganadora del Sundance Film Festival 2010. El documental *Los 912 días del Ghetto de Varsovia* disponible en YouTube. La Internet Movie Database (IMDb) ofrece al menos información sobre una veintena de documentales sobre el gueto. Son particularmente interesantes las películas de ficción: *Uprising,* de Jon Avnet, que he visto diez veces, y *Un refugio inesperado,* de Niki Caro. No menos importante es *Ven y mira,* de Elen Klimov.

Índice